迷 醉 英 吉 沙

中共英吉沙县委员会宣传部 ／编

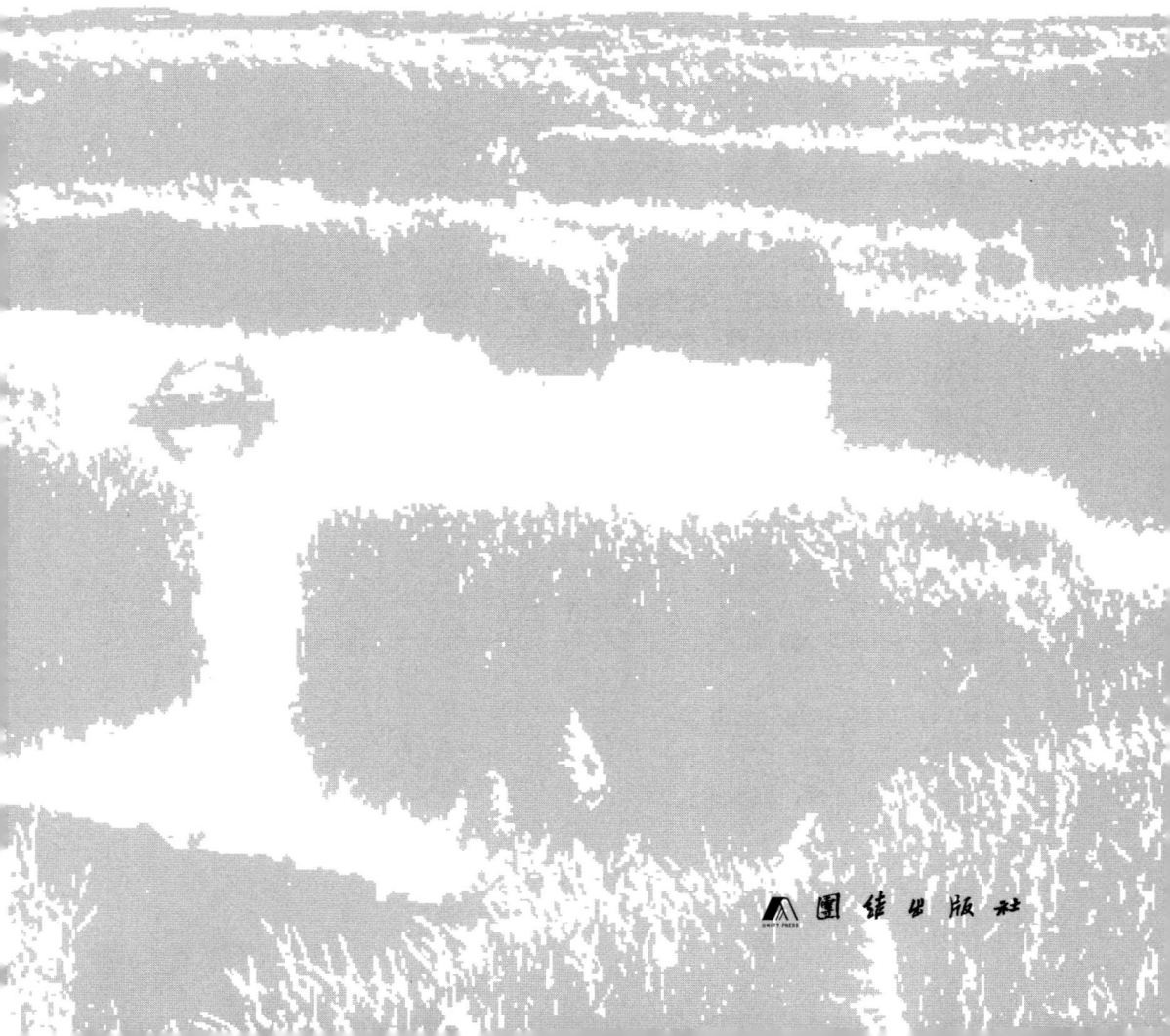

团结出版社

© 团结出版社，2025 年

图书在版编目（CIP）数据

迷醉英吉沙 / 中共英吉沙县委员会宣传部编 . —北京：
团结出版社，2025.3. —ISBN 978-7-5234-1640-2

Ⅰ . I217.1

中国国家版本馆 CIP 数据核字第 2025CG2352 号

责任编辑：王宇婷
封面设计：书香力扬

出　　版：团结出版社
　　　　　（北京市东城区东皇城根南街 84 号　邮编：100006）
电　　话：（010）65228880　65244790
网　　址：http://www.tjpress.com
E-mail：zb65244790@vip.163.com
经　　销：全国新华书店
印　　装：四川科德彩色数码科技有限公司

开　　本：170mm×240mm　　16 开
印　　张：12.5　　　　　　　　　字　数：200 千字
版　　次：2025 年 3 月　第 1 版　　印　次：2025 年 3 月　第 1 次印刷

书　　号：978-7-5234-1640-2
定　　价：68.00 元
　　　　　（版权所属，盗版必究）

目 录
CONTENTS

诗歌篇

散文篇

诗歌篇

迷醉英吉沙

英吉沙诗篇（组诗）

赵香城

英吉沙刀匠

他打了一辈子小刀
也砍不断对昔日恋人的情丝
那恋人忧伤如水的目光
在刀锋上汩汩奔流

将无数把小刀一件件淬火
只有一把在心里淬过千万次
那恋人穿越时间的眼眸
在刀面上静静地绽放

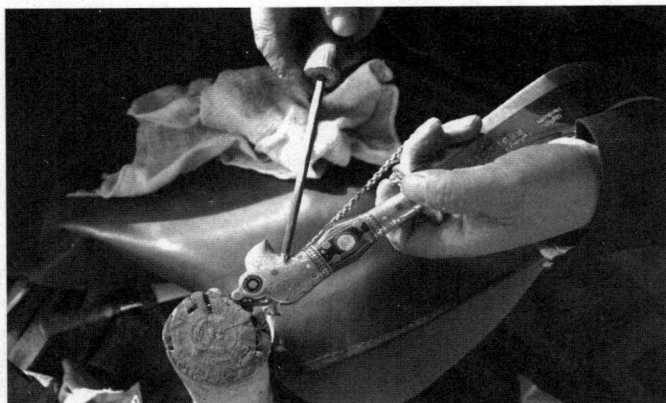

小刀制作技艺刻花过程

一次次给刀把手镶嵌宝物
只有一枚轻轻镶入又轻轻取下
他盼望那恋人再次走过铁砧
他将把一颗心嵌入，让刀柄闪亮

他打了一辈子英吉沙小刀
十万刀锋凝聚对姑娘的痴恋
最锋利的刀也砍不断时间
最锐利的锋刃也砍不断恋人的目光

英吉沙土陶记

模制法土陶烧制技艺传承人在制作土陶

依格孜也尔河的水，库山河的水
依格孜也尔山下的土，库山河边的土
掺和在一起，搅拌在一起
昆仑北麓的干泉水畅饮一把把
浸泡过杏花雨的土
在英吉沙陶匠的手上

炫出一个土香横溢的世界

英吉沙的杏林绽放多少花朵
英吉沙的土陶就有多少样式
一件件陶器的光，粘上你的目光
一件件陶器的笑靥，粘上你的笑靥
在并不宽敞的土陶作坊
你的相机拍个不停
不一会儿，陶器的笑容
已灿放在千里之外

英吉沙的土陶们
常常在空中飞行
它们染上了英吉沙杏甜甜的颜色
它们装满了达瓦孜表演时喝彩的笑声
它们牵引着巴旦木的花儿
在辽阔的碧空下飞旋

一抔抔西部绿洲的土
一抔抔西部大漠边缘的土
一抔抔依格孜也尔的土
一抔抔库山河边的土
被制成一件件栩栩如生工艺品
灿烂在一个个幸福的远方
这是多么好啊
每一件陶器里，都回荡着生活的喧响

达瓦孜歌谣

在地上走得久了，想去空中走走
这或许是达瓦孜诞生的一个理由

英吉沙县南湖旅游度假区达瓦孜表演

是谁在杏花天的蓝缎下铺开一条"大道"
让戴花帽的古丽在欢呼的声浪中行走

每一棵杏树都敞开欢乐的怀抱
每一朵杏花都举起春天的酒杯

古丽手握长杆，牵引十万双眼睛
古丽空中倒立，激起十万朵淡粉色的掌声

喧声与静谧交替，惊讶与赞叹齐飞
是谁，甩起欢声的鼓槌敲沸了太阳

花海簇拥着人海，私语碰撞着私语
长空飞燕，将飞进多少奇异的梦境

没有哪里的杏花比这里的更幸福
它们把一阵阵欢声悄悄吸收，酿成芬芳的因子

达瓦孜的惊艳，点染了万树花蕊
欢声的千泉万瀑，浇灌着每一棵杏树的根须

春天，是从空中之路上走出来的
春天的花，在达瓦孜的繁枝上盛大绽放

清晨，花儿盛开

在如此浩大、无边的杏林里
谁看见了杏花的盛开？晨风看见了
晨风的目光扫过繁枝
一朵朵半掩娇容的花儿瞬间盛开
给晨风一个个笑的漩涡
让晨风捎给远方一封恋春的情书

在昆仑北麓，一片万亩的杏林里
谁遇见了繁花的盛开？晨光遇见了
晨光伸出红红的纤手，抚摸悄悄舒展的花瓣
花心，霎时提取晨光的热能
把一颗急跳的心染成淡红色

在黑孜戈壁与依格孜也尔山之间
谁看见了十万万花儿的盛开？晨露看见了

每一条树枝上的露珠，都是春天的眼睛
眸光中记录了花瓣张开的时间表
记录了每一朵花迥异的神情
让自己的清澈、明亮
映照花儿纯美的倩影

英吉沙县艾古斯乡杏花

哦，在库山河、依格孜也尔河拥抱的土地上
谁听见了千枝万枝一起盛开？早醒的鸟儿听见了

那绽放时的窃窃私语，那盛开时的举杯对饮
那甜甜的笑声，那清澈的童音
林中的鸟儿都一一录音
它们将把录制的光盘交给春天
交给花海汹涌、花香泛滥的春天

水磨坊与白杨树

水磨坊飘香的那一天，植下了这些树

木叶轮在水声中不停地歌唱，白杨树的年轮在风中长大

风把飘升的麦香挂上树梢
引来筑梦的鸟儿，一声声啼破库山河的黎明

每当艾山打开水磨坊的小门
库山河的霞晖就往磨盘上撒一层纯金

顺着河水走来的古丽，磨出了溢香的麦面
也磨出了与艾山雪水般清亮的爱情

白杨树上的鸟儿，把水磨坊的故事传递
四邻八乡的毛驴车辙，在磨坊边叙旧

英吉沙县芒辛镇水磨坊

库山河的水浪卷走了一波波笑语
白杨树暗暗把一个个熟悉的名字镌入年轮

艾山和古丽的磨坊在鸟鸣中变老
当年植下的小树已把蓝天举向苍穹

而今，库山河依旧滚滚奔流，水磨坊已成非遗之物
鸟儿们仍在高树上唱着，不倦地唱着水磨的歌谣

仿佛树顶上仍有麦香飘飞，飘向库山河深处
老水磨，磨成了一阙昆仑北麓珍藏的盈香词

作者简介：赵香城，本名赵力，出生于新疆阿克苏。诗人、散文家、词作家。中国散文家协会理事，新疆散文诗学会副主席，中外散文诗研究会理事，新疆作家协会会员，新疆喀什地区作家协会名誉主席。在《诗刊》《词刊》《星星诗刊》《上海诗人》《绿风诗刊》《散文诗》《散文选刊》《西部》《绿洲》《帕米尔》《歌曲》等大量报刊上发表诗歌、散文诗、散文和歌词。个人主要作品集有《大漠雄风》《鹰之梦》《剑与花》《福乐之地》《香城赋》《俯仰西域》。主编作品集三十余部，作品入选百余部诗文集。作品获得首届西部文学奖，中国当代散文奖，新疆第五、第六届天山文艺奖。

英吉沙：春风里长出飞翔的翅膀

赵长在

塔里木盆地的绿色宝石

一双翅膀，留给丝绸之路上的驿站
总也忍不住，想起英吉沙淳美的民族风情
想起达瓦孜，想起土陶，想起小刀
想起英吉沙杏，甚至会
想起风味独特的杏酱和沙枣

英吉沙县穆孜鲁克湿地公园傍晚

这该是多么美好的记忆，可以
可以珍藏一生
此时，它们正以杏花的开放，蔓延至内心

穆孜鲁克湿地公园、南湖旅游度假区、北湖公园的美
投射到心灵的幕布上

一帧一帧灵动的画面
仿佛戈壁滩上的片片绿洲，库山河畔的丛丛芦苇
不来英吉沙，你永远体会不到英吉沙杏的鲜肉多汁
达瓦孜高空走绳的绝技

大漠的辽阔，空气的清甜，尘世的安然
丝路历史的悠久，非遗文化的璀璨，昆仑山的巍峨
所预见的美和壮丽，都会在英吉沙遇见

幸福感与获得感，会超出你的预想
预想汹涌的爱，漫过英吉沙的山水
散落在坡地上，像一头头牛羊
辨认着梦中的原乡

怀着仰慕的心来，追赶着丝路的驼铃来
沐浴着花香、果香来，追随着中华各民族儿女优美的歌声来
在南疆八大重镇之一，戈壁也会开出花朵
牛羊也会攀上云端，河水也会凝结成绿宝石

一切都尘埃落定
日子会浸出花蜜，山水会邂逅故人。当我在尘世喧嚣中邂逅
英吉沙的神美，尘心愈加清宁与纯澈

跳起的木勺舞、赛乃姆
暖着无数寻梦人

寻梦达瓦孜之乡

昆仑山北麓，春光普照
英吉沙赐予我们的，是吉祥与平安，是和美多彩的岁月
所爱之爱，所梦之梦，犹如朵朵杏花
在心头绽放

国家级非遗项目——达瓦孜表演

勤美淳朴的各族人民，有荣耀加身
富庶吉祥相随，平安正气相伴
和谐醉美的光阴
拨动着心头幸福的琴弦

小刀村的笑声，土陶村的歌声，木雕村的琴声
让英吉沙的丰饶祥美呼之欲出
戈壁大漠上奔跑的春风，翻开崭新的一页

杏花点燃的，是杏商品基地的红火岁月

是中国第一大杏园深情的召唤

英吉沙磁性的美，可以匹配任何一张图画

满城的春色，覆盖住荒滩

古老的农牧文明，唤醒每一块土地。生生不息的苗壮根脉

涓涓流淌的依格孜也尔河水，追索着太多的回溯

灿美的丝绸之路，淹没在历史的尘烟

杰出艺人阿迪力的达瓦孜表演史

留住心中平衡的梦。400多年的传承，让精彩

绝伦的高空走绳，闻名于世界

传统的技艺，像老土陶上发出的新釉光

昭示着独具的匠心。凤凰涅槃的国家级非遗项目

重现英吉沙尔千年古驿的风华

遥远的风尘，正纷纷散尽

新时代的奋斗路程，铺展在万顷春色繁荣兴盛的英吉沙

文化旅游与农业生态旅游，融合成全域旅游的新形态

英吉沙：春风里长出飞翔的翅膀

一个个美丽的传说故事，被圈定在英吉沙

辽阔的戈壁，大漠的粗犷，平原的绿美，湿地河流、水库的丰泽

瓜果的飘香，时刻在

召唤一颗颗向往的心

不可复制的英吉沙，宛如一处桃源秘境

时而青绿，时而湛蓝，时而银白，时而五彩缤纷

让你目不暇接，又一醉再醉

幸福甜蜜的各族群众，跳起舞蹈唱起赞歌
把内心的喜悦，倾洒在青山绿水间。滚滚春潮
如解冻的春水，迎来翻天覆地的变化
英吉沙，多像一粒饱满的杏核
深深扎根在心灵沃野

英吉沙县芒辛镇桃花园

在丝路古驿站，可以洗净尘心
可以沉浸在一个个美丽传说。山山水水，都在瞩目她的崭新容颜
感知她的万千魅力与盎然的生机

漫步香芬的杏园，放任情思一路高飞
团结与和睦，像极了纯净阳光
照耀着辽阔的山川、大漠、戈壁、平原

比一块绿宝石还晶美的英吉沙
让情愫的波动，如库山河的一波波细浪

只为澄澈的心之所爱，找一处彼岸。谁在绿美的杏乡等我
我在一缕缕杏香里等谁

山水之美，丝路之魂，蕴含着巨大的精神磁场
所有梦想，都开启了新征程
北湖公园的欢歌热舞，带动起万顷的春风
魅力英吉沙在春风里长出飞翔的翅膀

思慕，正接近中国小刀之乡

一朵洁白的杏花，多像心中迷人的风景
在鹰的飞翔里遇见碧绿青葱的田野
遇见巍峨连绵的昆仑山
遇见风光旖旎的河湖湿地

小刀制作技艺装饰刀身过程

大漠风情，赋予了各族儿女宽广豪放的胸怀
无论是放牧牛羊，还是耕耘耕种土地
都是把山水的养育，化作无穷的动力

去英吉沙，寻找美丽的传说
心灵空白处小刀华丽，土陶厚朴，印花布素美，达瓦孜神奇
一幕幕独特的民族风情，像古老文字
有着神秘的美与神圣

一捧捧香甜的英吉沙杏，浸润着英吉沙的钟灵毓秀
一把把漂亮精致的小刀，如一行行流动的音符
刻录下一片地域的神韵

传统非遗的制作技艺，带来经济的繁荣与生活的富足
小刀重叠着小刀，替我们留住光阴的长度
小刀之乡，一次相约
便终生难忘

源于传承千年前的达瓦孜，小刀的古老传说
模戳印花布的传统技艺，如一颗颗闪光的珍珠
辉映着一方水土的灵秀。我们像暮归的牛羊
尽情反刍着英吉沙的多姿与多彩
今生有缘，不问来世
如果有人在杏花丛中向你招手，从此人间
便没有了距离

色买提杏之乡的春汛

通向英吉沙的路，蓝绿交叠
杏园里的每一粒英吉沙杏，都是诚挚的邀请与邀约
一路都是花香。翻开如诗如画的梦境
与美丽传说一一对照

从杏花开始，到杏酱、杏仁、杏干、杏脯、杏核结束
一路走来，内心的欢畅，芬芳而惊艳
一园个大皮薄的冰山玉珠，足以
让我想到英吉沙甜蜜幸福的岁月

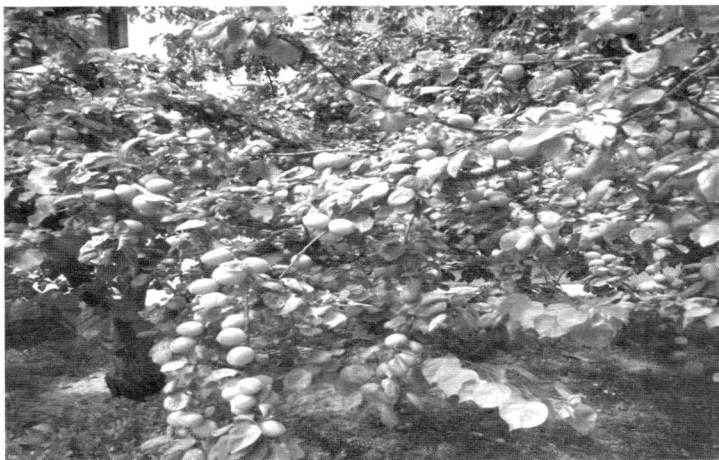

英吉沙杏

杏花与春色交织在一起
英吉沙圣洁的美，被推送到远方
杏花仙子的心中分别居住着理想憧憬与水土的肥美

在这片神奇的土地上
坦荡与清宁，抵达梦想深处
一个个非物质文化遗产
凝聚起英吉沙的万千灵美

愿与达瓦孜之乡结成知音，从此心曲相连
心灵的愉悦，来得纯粹与自然
杏花之间有深藏的挚爱，遍布悠久的植杏历史

炉火里，有千年不散的云烟
有土陶与小刀流光溢彩的梦
盛美的光阴里，有土印花布的乡愁
像一缕缕春光，洒遍库山河两岸

每一份荣誉，都是对文化遗产的肯定
非遗传承沉积的灰烬，依旧尚存烫手的余温
那是荣光与荣光的荟萃
璀璨与璀璨的叠加
光环与光环的衔接

历史追溯着鼎盛，文化传承着积淀
故事延续着精彩，光阴叙说着醉美
开放包容，砥砺奋进的各族儿女
在清晰的发展脉络里，描绘着一张新蓝图

历史、文化、矿产、农牧林果的交叠
给予了英吉沙独树一帜的发展密码。用百业兴旺
书写崭新时代。色买提杏之乡重新点燃起的一炉熊熊
旺火，暖着一个个骄人的春汛

作者简介：赵长在，1971 年出生，河北省作家协会会员。诗文散见《诗刊》《绿风》《星星》《诗选刊》《诗潮》《江南诗》《诗林》《诗歌月刊》《青春》《延河》《星火》《西北军事文学》等报刊。参加第十五届全国散文诗笔会。曾荣获首届"诗兴开封"全国诗歌大赛一等奖、首届"中国诗河·鹤壁"全国诗歌大赛一等奖、新华网"风花雪月·乡愁大理"全国征文大赛一等奖等各种奖项。

英吉沙小刀史

蔡 淼

1

风只顾在空中抽泣
以此来掩饰内心的惊慌
匆忙逃走
一把名声在外的小刀
没有躺在功劳簿上卸下世俗的光芒
还要在水与火的锻打、淬炼中剔除淤积
那些多余的铁屑和质量

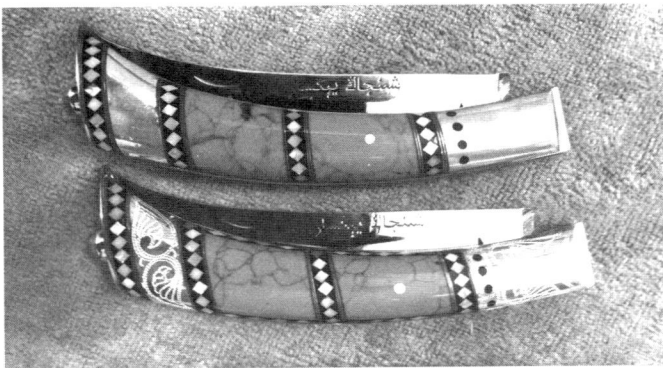

折叠小刀

不曾见过灵魂逃遁，唯有轻盈
才能找到属于自己的锋芒

一把属于刀子的锋芒
而非来自游客，诗人，艺术家

2

用英吉沙小刀削果皮，切牛肉，踢羊骨
用糖分和盐粒喂养一把小刀
它并不会把自己变甜或咸
一把小刀不会忠于任何人或事物
它唯一忠实的只有它自己

月亮和小刀在夜晚相遇
两种寒光未曾碰撞
就已经压低了诸多声音
生活。还有艰难，不会有任何改变
锋刃上的光来自月亮背后的太阳

3

小刀无语，无法提取到前世的证词
拴在牧羊人的腰间
在死亡与新生的循环中
成长为一把时间的利刃
日复一日操练着破壁术
衰老转瞬而至，用小刀的人
一茬一茬地来
又一茬一茬地离开
它收紧刀尖上的光芒
轻松割开一个下午的饮食
阳光路过时，刀面上的光变得柔和

一把年岁过百的小刀
内心早已装满了柔软

4

一把小刀开始回望来生
尖锐的部分折叠着命运之火
审视，清醒，眷恋，慈祥
它时常在深夜独坐
窗外虚幻的灯光伸进来
经过空气翻译的水声
自带波涛和转速
它们在对谈中同命运和解
一把刀安然地从自己的身体里接过苍老
在时间的深海中闪烁着耀眼的光

5

一把好刀，应该有更广阔的天地
我们在戈壁滩上，借着夕阳之光
吃肉，饮酒，刀是心爱之物
要么送红颜，要么送给远方的朋友
篝火照亮我们脸上的红晕
我们用小刀在沙子中刻出彼此的名字
满天的星光漏下来
认识或不认识已经不再重要
情感的种子在黑暗中发芽
一把小刀让整个夜晚兴奋
似乎赶上了一场盛大的宴请

6

春日里
我从腰上的钥匙环中
取下小刀
用它来割野菜
我能听见它的呼吸
一筐春天被我提回家中
还有那深藏不露的童年

作者简介：蔡淼，90后，新疆作家协会会员。参加诗刊社第5届国际诗酒大会文化艺术周、第20届全国散文诗笔会、第10届新疆作家创意写作班、《西部》写作营等。作品见于《诗刊》《十月》《星星》《诗选刊》《西部》《绿风》《延河》等期刊，著有诗集3本，先后获得首届新疆诗歌节全国征稿大赛一等奖、"金凤泽普·胡杨水乡"全球全网诗歌散文大赛诗歌组一等奖、《诗选刊》首届凤凰山杯全国山水大赛佳作奖、第8届白天鹅诗歌奖散文诗奖等。

英吉沙，一朵朵幸福写下的葱茏诗意

方　向

一

在这里，万物不需要沉默
不需要一只蝴蝶的引领，去见万亩春意盎然的诗词

那红、那白、那纷飞、那矜持、那凝望
那正在打开的新疆新篇、那谱写生活的一朵朵希望
多像一个西部梦，在西南部的两双宽广的手里
悄然绽放

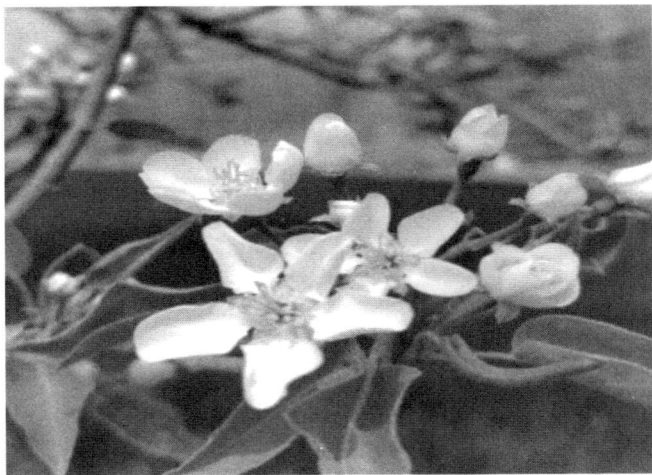

英吉沙县梨花

四月，江南已经越过桃花、杏花、梨花
用温柔湿润的手指，捧着一枚青杏
向人间走过来

英吉沙，此时你正从一朵花骨中醒来
被春风吹开的浩荡，依然一片苍黄

万亩葱茏、万亩精心编织的乡村手扎
被阳光轻轻叩开

二

这浩荡之美，一寸寸翻开时
你就坐在一朵寂静里，一边梳理平原留下的千年褶皱
一边唱起古老的民谣

那些舒展的身姿，沐浴在一片古朴风情里
它们美丽的面容，多么像少女的脸庞
漾起一阵阵青春的波澜

远远地，花海香雪
递过来诗一样的浪漫，递过来
源源不断的塞上风情

一步步走进去，我才知道
这旖旎的风光，不仅包含了一只蝴蝶飞出的绚烂
也包含了生活在此搭建的又一个辽阔平台

才知道，你的一只手
在浩瀚的时光涌动里，紧紧握着另一只充满张力的大手

三

山东、新疆、济宁、喀什
援疆，与你共同孕育的这一篇乡村振兴史
在一朵西北的春色里，完全敞开了

此时，花意融融的春天正在广袤的大地上
表达心与心的近距离、手与手的连接点
表达一片晴空下，纷至沓来的脚步、惊讶、仰望与抒情

红色波澜连着白色涟漪
白色善念装着红色音符，一同进入民族大团结
这一页写满艰辛与热爱的峥嵘篇

千里乡风里，爱依着爱、情依着情
像一条穿过荒凉的绿丝绸
飘扬在天山脚下

四

走在千树万朵中，心一点点安静下来
这密密麻麻的香词芳句，仿佛随着一阵春风
追溯到某个古老的源头

仿佛，我又站在古丝绸之路的节点上
聆听那些穿过荒原的悠扬驼铃，看见
一行蜿蜒而来的旧时光，驮着万里风沙与繁华
从我家门前经过

看见铁水溅起的某个早晨
一把小刀的前半部分，在不停敲打与锤炼中
拉开了对天山的渴望、对沙漠的坦荡

它从一双汗津津的手里站起来
你就站在它对面，用一把干干净净的阳光
轻轻擦拭它的全身

五

我闻到铁与钢的混合音，从天山脚下冉冉升起来
一阵阵，轻轻撞击着辽阔

闻到一只苍鹰的俯视
从某片寂静深处斜飞过来，它的正面
给了那些明亮的额头，它的侧面
是一些静止的火焰与沙海的起伏

英吉沙县城关乡月季

英吉沙县艾古斯乡杏花

我捧着我的卑微、影子、虔诚走过去
像一个长途跋涉而来的行者，第一次面对传说中的小刀之乡
达瓦孜之乡、色买提杏之乡

第一次走在热辣辣的杏花风里
以陌生者的身份，打开英吉沙的四大非遗

六

英吉沙，今天忍不住
又要写到你的古朴、广阔、沧桑
与郁郁葱葱的一片苍天厚地

忍不住将心中深藏十年的乡音、乡情、乡结
在一朵赛江南前缓缓打开，让它们沿着
一只蝴蝶飞出的弧线、直线、曲线
去听听香雪海发出的一滴滴亲切的呼唤

英吉沙县芒辛镇桃花

那低音里，同样有一座美丽的村庄
生长着我熟悉的烟火、方言、质朴、善良

同样有生活赋予的晴朗、明媚与憧憬
同样有手掌捧起的一枚心动

它们一样被黑体字尊称为乡土、故土、难解难分的乡情
被一次次书写在时间的册页上
一样是春风吹开的一页页的欣欣向荣

我忍不住，要把积压了十年的心里话
倒在沧海与桑田之间

七

这时，你我合在同一朵芳香里
我们忘不掉那些颠簸与曲折、贫乏与低音
在万花丛中，变得异常明朗

已经从拐枣、骆驼刺、芦苇里
找到了一条铺满鲜花的路，找到天山投下的一寸寸期待与默契
找到一首抒情长诗在此留下的每一滴赞美

我们似乎又忘了，身在新疆
忘了那些奔涌而来的阳光下，依然站着一枚枚朴素的背影

他们才是无上的亲情、友情、援疆梦
才是英吉沙杏最想表达的春与秋、缘与情

才是英吉沙人合力捧起的一片蓝天与春韵

八

这生长天山脚下的梦
也会长出手脚、长出蝴蝶一样美丽的翅膀
飞出塔里木

那一枚枚金灿灿的词、一堆堆金色诱人的喜悦
仿佛就在不远的地方等着我们

七月，我会带着箩筐、扁担、一滴滴纯粹的乡音
来到这里，会把写好的长短句
放在挺进幸福的大路上，让所有透明的耳朵与黑眼神
都能听见英吉沙以外的赞美与祝福

英吉沙，这是我所爱的秋天里又一个高高的谷堆
我们安安静静坐下来，听天山下来的红月亮
讲讲不一样的乡村梦、说说一滴山东腹地的好雨水
穿过红色主题，而展开的辽阔飞翔

在逐渐变深的爱里，风是那样专情一只蝴蝶带来的葱茏

作者简介：方向，原名方小为，男，生于皖南山区，毕业后四处漂泊，现于南京工作，热爱诗歌，视诗歌为心灵净土。曾获 2020 年柳亚子全国诗词大赛冠军、2020 世界献血日全国诗赛冠军、2021 罗星和合杯全国诗歌大赛一等奖、浙东唐诗之路二等奖等全国七十多个诗歌奖。

约个春天，去英吉沙看杏花（组诗）

李平原

1. 约个春天，去英吉沙看杏花

约个春天
佩一把小刀
牵上心爱之人
际会英吉沙的杏花

英吉沙的杏花和小刀
再小也要
亮出岁月的光芒

英吉沙县苏盖提乡杏花

约个春天

让时光，不再流逝

让杏花，永留人间

2. 达瓦孜，一首古老的歌谣

达瓦孜，一首

古老的歌谣

唱出了现代摇滚的味道

阿迪力，一个在

钢丝上，高空，舞剑的王者

把慕士塔格峰又拔高一截

达瓦孜在南湖旅游度假区表演中

达瓦孜的传人，凭一根木杆

在钢索上游走长江三峡的天堑

飞跨衡山芙蓉峰和祝融峰

钢丝上的脚，手上的木杆

在动与静，天与地，人与神间平衡

让心，有了通天之术

阿迪力，达瓦孜

英吉沙，新的传奇

3. 英吉沙小刀

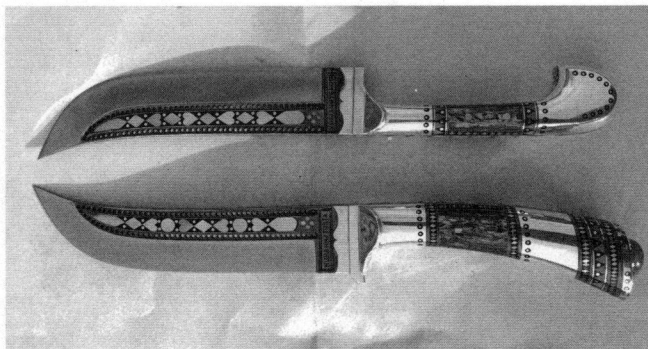

银柄小刀

用太阳之火淬炼

用月光之水打磨

用岁月之光开刃

用昆仑墟的白玉和祖母绿镶柄

用白银和黄金锻成刀鞘

英吉沙小刀的刀锋上

有黑孜戈壁的滚石

有塔克拉玛干的飞沙

有十二木卡姆的火焰

有英吉沙杏花的浓烈

英吉沙的小刀，一出鞘
春天和花坛，一起燃烧
烧出，又一座新城

作者简介：李平原，新疆喀什市人。有诗歌作品在《天水日报》《中国诗歌报》《中国诗人》等报刊、网络平台发表。

缤纷英吉沙（组章）

包训华

高空达瓦孜

在大地上待得平稳了，就想去天空走走。

像鹰一样，在天空中散散步。像星星一样，在天空中看一看。

会不会有不一样的风景？

新疆英吉沙县阿迪力达瓦孜艺术传承中心杂技表演

一根绳索，搭建大地通向天空的台阶。

高度在慢慢地抬升。心跳在逐渐地加快。

血液，迫不及待，在血管中奔涌，像大海上的波涛滚滚。

如果，绳索再长一寸，铁杆再高一尺，就可以深入苍穹，深入星辰大海，丈量达瓦孜的路程。

一根铁杆，平衡着自己的身体，平衡着天空和大地之间的距离。

时而坐。时而卧。时而跳。时而倒立……

一根平衡铁杆，沉甸甸地，压住所有的慌、所有的乱。

铁杆倾斜，天空倾斜。

铁杆向左倾，昆仑山向右倾。

铁杆向右斜，天山向左斜。

铁杆平稳了，鹰的飞翔就平稳了，满天的星辰就更加灿烂了。

高处，不胜寒？

高空达瓦孜，是胆量的挑战，是勇气的挑战。

除了千钧胆，万钧艺，还需要气定神闲，目空一切。

当你目无万物，你就是空中的神。

英吉沙土陶

黑色的，深蓝的，草绿的……

一件一件单纯的颜色，沉郁、浓厚，散发着时间的幽光。

陶盆，陶碗，陶罐……

如一本本书，安静地摆放在木架上，一件一件时光深处的文物，具有历史的厚重。

没有草图。没有模型。

草图，在匠人的心中。

土陶合作社中展陈的土陶制品

模型，在匠人的手上。

匠人闭上眼睛，在木制的机器上抟胚，手就是他的眼睛，机器就是他的窑床。

匠人闭上眼睛，时间仿佛凝固，只有抟胚的声音在作坊内轰鸣，在英吉沙老街回响。

匠人睁眼，一件一件新出窑的土陶，在时间的书架上闪烁着幽暗的光。

每一件土陶，都是独一无二的，是人间的精品，也是世间的孤品。

每一件土陶，都是时间的精灵，心灵的绝唱。

历史，在时间中成为过往，而土陶

在时间中获得永生。

黑孜戈壁

暮色苍茫，昆仑山下的黑孜戈壁，
成为一个巨大的轮廓，隐隐约约潜伏着神兽。

陷入巨大的空茫和虚无。
夜色越来越沉，多少神秘隐匿其中。

星星点点的灯火，在黑孜戈壁的边缘升起，光亮微弱。
远行的游子，心中珍藏着巨大的温暖。

火车前行的轰隆声，摇摇晃晃，一直在夜色里穿行。
夜，有没有尽头？

黑孜戈壁与黑暗，融为一体。
黑暗，是一种更大的空洞，或虚无。
黑暗是短暂的，一切皆会迎来光明。

英吉沙县克孜勒乡戈壁滩

夜色吞噬了一切。它的胃口出奇地大。
眼睛在黑暗中失去了光明，所见皆空，
皆黑，皆暗。

谁，能够读懂夜的心声？
谁，能够解析黑孜戈壁夜之秘密？

沿着铁轨，扑进夜色的深处。
铁轨是不是夜的眼睛，黑的延伸？
我终将不会在黑暗中迷失。我有戈壁的胸怀。

在黑暗中沉思，让心灵在虚无中升华。
即使看不见黑孜戈壁的存在。我感受到黑孜戈壁
一直在火车的轰隆声中保持着沉默，与我前行。

夜色中，黑孜戈壁是一种牵挂，就像一座山耸立在一个人的心中。
黑暗，也是一座山，神秘之山，虚无之山。

夜色中的黑孜戈壁，犹如汪洋大海，深不可测。
黑色中波涛汹涌澎湃，光在黑暗中升腾。

一切，都悄无声息。

无边的夜色，没有尽头。
无沿的黑，无尽的暗，没有尽头。
芨芨草在期待，骆驼刺在盼望——
黑暗消退，戈壁露出春天的笑容。

黑孜戈壁如我，沉沉睡去。

黑暗如戈壁，寂静无声。

夜色和黑暗，同时隐遁。
在黑孜戈壁的边缘，一轮巨大的、暖融融的朝阳，
正从昆仑山的肩头蒸腾而起……

作者简介：包训华，男，全国公安作协会员，新疆作协会员，喀什地区作协副主席，作品散见于《散文诗》《星星诗刊》《西部》《散文诗世界》《绿洲》《塞上散文诗》《中国魂散文诗》等刊物。

鹧鸪天·游英吉沙县南湖胜境（外一首）

承　洁

十里烟波云水闲，南湖如玉嵌山前。
呼鸥轻点瑶台境，挥棹长寻阆苑欢。
琴曲荡，弄鱼竿，放怀一任醉桃源。
南疆如画邀宾客，尤胜江南三月天。

英吉沙县穆孜鲁克湿地公园夏天

英吉沙县品英吉沙杏

英吉沙杏　　　　　　　　　　　　英吉沙杏

橙黄珠玉号冰山，果肉凝香如蜜泉。

一品长教心肺澈，千秋名杏出天然。

作者简介：承洁，江阴市作协成员。旌阳诗社主编。作品发表于《江阴日报》《普陀山文艺》《中华诗词》等刊物。获全国诗词联大赛以及歌词宣传口号各类奖项四百余次。

英吉沙拾英

孙凤山

一把小刀，切开锋利精美的幸福时光

在英吉沙，细品小刀锃亮的出处
一丝丝喜悦随秀丽的纹饰绊倒春风，抽枝发芽
精美的造型紧握七彩的时光
向文化+旅游献上与世界平视的厚礼
刀匠在枯燥而纷繁的技艺中传承
一夜间把小刀村手工艺品搬到网络平台上
一只紧握锋利时光的手紧握历史的回音
推门而入的人一点也不用慌张
惊叹是传承里的惊叹，脚印是传承的脚印
毕露的锋芒打包了春色，网络直播都害上了相思

小刀制作工序之打磨　　　　　　　　小刀制作工序之煅烧

将精心挑选的钢材和赛乃姆一起打成型

磨光粗胚　磨光细胚，视线在起伏

淬火　锻打　开刃。刀匠就是一把刷子

刷清自信流程，把信念锻打成活生生的呼唤

小刀自有筋骨，在天圆地方中

坚守英吉沙人自己的探索与坚韧

一次次文明的飞跃，让我远远地看着

被忽略的美学，在工匠精神中翱翔

挥洒千年灵感交响。苏醒的，是世界目光

聆听发光的小刀，激滟的长短句

吟咏远古亲切的呼唤和英吉沙绝代风华

刀柄叮当。金，银，铜，玉，骨，宝石和匠心

一起拼花铆钉，将历史的回声一起嵌入刀柄

刀柄点睛，人刀合一叠加侠肝义胆

过去的你和现在的我互相点赞，各自解构乡愁

深陷时光的皱褶。等成了小刀文化

刀匠们不会孤军奋战，加持爱的辽阔

手工艺品农民专业合作社高擎钢铁的信仰

一直与泥土和共同富裕零距离

每一钢锉都能奋力划动小刀历史波澜

被时光加持的锋利，耸立远古雕琢的强音

在大地之上　在星空之下　在幸福之中

这些镌刻中华民族灵魂的中国制造

取自富民新产业　刀匠的灵性和信念的归真

从一块钢　到一团火　再到持久的打磨

从此岸到彼岸　刀柄到纹饰　道路与梦想

都不需要锋利的光芒苦苦期待

这些从一千年跑回来的利器

终于让我可以拎着践诺的锋利传奇

在英吉沙大地，把十万锋芒紧紧攥在手心

我深信锋利的小刀文化，滋润世纪曙光

土陶：焙烧诗性与打磨乡愁

我是说，土陶窑炉盛满沙河柔情

焙烧溪流韧劲，打磨细质黄胶泥乡愁

土窑火焙烧英吉沙元素，萃取制陶技法

打包了素陶的精致与琉璃陶的曼妙

摞泥拔节，那是春天的故事

定格在昆仑山北麓　塔里木盆地西缘

在八百多度高温里焙烧英吉沙传奇

在国家非物质文化遗产中归真

一炉窑火蓄满乾坤，为祖国上色

从不敢老去的土陶制品，用几千年光芒

放射昔日的璀璨　当下的欢颜　未来的辉煌

向生命交出大道　精致　民意　文明

黄胶泥沉着填充光阴的某些裂痕

拉坯，旋转英吉沙千秋风云

窑中乾坤，自有筋骨，塑造英吉沙立体构想

码叠起来完成一次窑火的宣扬与求证

每一次精雕细刻都是陶坯盖向世界的印模

修坯的正果绽放陶盘　陶壶　陶瓶　陶罐的静美

碾磨戈壁滩与高山彩色石块的刚强

添加铁锈和植物油的融洽与情趣

手绘上釉，演进蜕变英吉沙光彩夺目的亮色

土陶器哺育沧桑，沉默的都是金石良言和成熟

高温再高温，了却所有烦恼和世态炎凉

模制法土陶烧制技艺制作过程　　　　　　模制法土陶烧制技艺制作过程

我是说，我在英吉沙也是一把黄胶泥

生命需要焙烧，需要萃取土陶人家乡愁

在土陶文化里葳蕤，泥缘陶缘料理一生精致

英吉沙罐　壶　盘　瓶　碗　缸　盆风情

连同土陶产业+英吉沙杏+湿地略景+沙漠公园

+炼钢遗址+大漠烧烤+农业观光于一体的旅游业

早已把美播满了新疆，把美名播满了世界

甚至一件土陶器的恩泽都能在人间策马扬鞭

我承认，所有的烦恼与喧嚣，早已被土陶打磨干净了

只要抚摸土陶制品，甚至这四个字

仿佛置于琴键的悦耳音符，整个英吉沙

甚至，整个世界也会跟着土陶制品轻轻发光

达瓦孜：在空中翻飞祖国热切的期盼

达瓦孜在高空拔节我的目光

平衡杆是根扁担，一头挑着勇敢传奇

一头挑着惊心动魄。左肩是高难度　高危险

右肩是高平衡能力　高心理素质

6米长的牵挂左右摇晃　上下颠簸

穿越扮演者凌云壮志，发出千百年呐喊

看云彩弯腰。晴空在钢丝上跳木勺舞

扑簌簌掉落一地惊叹。梳理高空不可忽略的乡愁

你我之间翩飞漫步的蝴蝶，此刻在钢丝上

翻滚。定格或分蘖力与美的几何图形

为一代代英吉沙人交出露天艺术

也交出了一个王朝的纵深

让我打开一部民俗文化史时，也打开惊险传奇

从平衡中漫步高空的每一滴时光

充溢唐铁的铿锵　水的至柔　勇敢的根系

依然有一颗倔强的灵魂与力量

行走于国家非物质文化遗产卷轴深处

达瓦孜传承人表演

达瓦孜表演

把多种多样的杂耍技艺揉进灵魂

把勇敢　自信和力量播种在高空

在钢丝或绳索上数星星。俯视脚下风云

仰望由目光抬升或翻转的蓝天

这鲜活的平衡，这腐朽的危险系数

这反反复复暴露的平台设施和分解动作

急促的沉默将呼吸暂停，将目光凝固

爱，在蹦绳上立定，在蒙眼走中听蓬勃的心跳

绑盘走突然跌坐在观者惊恐里

可背平稳杆迈过平衡杆，携带有重量的旧梦

坦荡面对大地上与天空中深层的事物

前后走动　盘腿端坐身披时光的银燕

蒙上眼睛行走在百米高空中

脚下踩着碟子行走　飞身跳跃

正以睡绳为起点，在我内心飞翔诗和远方

我不会雕琢头顶倒立的逐梦逻辑

我只会在狭窄的想象里，看表演者分蘖白云

再看看英吉沙达瓦孜是多么伟大和高远

双手　单手倒立丛生深深的礼乐和厚厚的神秘

挑战与吸纳千百文明的所有勇敢和自信

坐底的传承价值，雕琢了世纪风采

我愿意承认，这里传承久远的达瓦孜

像无数只太阳，高擎非遗文化世纪回声

哦，表演者一如太阳神鸟的金色

是我一生追求的鎏金和喜爱的芒纹

世纪记录有多广，达瓦孜就有浓墨重彩的一笔

无保险就是最保险。这是世界的中国版

这是中国的新疆版，这是新疆的英吉沙版
愿达瓦孜以十万顷呼唤揽我入怀　入梦
文明，是一个艺术　乃至一座城市　一个民族
一个国度最健康的本质。填充天空
与我　与你　与他　与所有观者之间的空隙
英吉沙达瓦孜力量经纬度，打包了太多的惊险
传奇与锦绣。达瓦孜的每一次表演
都是神奇惊险的华章和祖国热切的期盼

作者简介：孙凤山，安徽省芜湖市作者，1994 年加入中国作协。已在
《人民日报》（作品版）等 3000 余家媒体发表作品，获《人民文学》第二届
"科学精神与中国精神" 全国征文大赛一等奖等奖项。

英吉沙之恋

霜扣儿

在英吉沙，万亩杏花会让你迷醉不知归路

如果你来英吉沙，请你选择三月
草长莺飞的背景下，万亩杏花竞相绽放
花海的波涛会深深将你席卷

漫山的花影，漫天的花香
饱饮温润的阳光，也饱饮所有游客的痴心
你无从闪避，只能一而再，再而三
身陷赞美之辞，彻底为之迷醉

面对传承久远的杏花国度
你要如何措词，才能在千年丝路的册页上
细说从头——柔嫩的粉，纯洁的白，优雅的紫
徜徉在英吉沙的怀抱，妖娆的身姿在荡漾
朵朵簇拥，枝枝相连，树树相依
你若侧耳，会听流云以喜悦之情
在高天上召集春雨，会听到自己的心灵在颤动
跟随花香流溢，并嘤嘤有声——
悠扬又细腻的韵律，带领你迎春踏春的脚步
走进孕育着冰山玉珠的梦中

是的，数不清的味美香甜的英吉沙杏
已坐胎于眼前娇艳的蕊中，它们日复一日
吸纳悠闲的和风与纯净的雨水
日复一日，以赛乃姆的鼓点为伴奏
增香贮蜜，快乐成长，它们与英吉沙的好风水
互为永世的故乡，也互为新世纪枝头上，独一无二的果实

在恰克日库依村的土陶展览馆，你无法止住惊叹

如是春风浩荡，我提着比远方还远的
古老驿站的灯盏，来看望恰克日库依的土陶馆

是日，古色古香的安居富民房与我梦中的故乡一样
四方形墙体浮雕与我想象中的一样

英吉沙县土陶村土陶展览馆

是的，我看到了，色彩在流动，在吟诵，在舞蹈

在所有琉璃烧件所有陶盘所有陶壶所有陶罐上

生动地活着，在阿卜杜热合曼的族谱上活着

在土陶工序的日升月落里活着，在精心传承的精神里活着

我能抚摸这些经过七代人传承下来的精灵吗

它们存在的意义已远非匠心可以概括

我只能凝视，致敬返璞归真的技艺

致以最崇高的礼敬——那些来自戈壁滩或高山上的石头

具有怎样涅槃重生的福气，经巧手一摸

就亮出了一个个如此瑰丽的前世

英吉沙县芒辛镇土陶村

是的，我看到了，古朴的别具风情的花纹与图案

每一笔，都是古老的久远传承

从第一个制陶人晶亮的眼睛

延伸到后世制陶人的心胸——这条无穷尽的传奇长路

一面记录英吉沙的风霜雪雨，一面承托着匠人锲而不舍的初心

是的，我看到它们端坐，静谧，姿容典雅
如同一个智慧老者，等着来访者脱掉俗世尘埃
得到生生不息，大道至简的升华

给我一把英吉沙小刀，我便可以放心闯

这已不是秘密。我的思维已越过昆仑山北麓
我的诗已进入久远的梦境

快速翻转时光的轮轴，找到那页永不褪色的传说
在久远的年代，英吉沙是一个水草丰美的宝地
那里的人们安居乐业，幸福无边
直到有一天，狂风怒吼、飞沙走石
河流干涸，草原变成沙漠，怪兽横行，人们流离失所

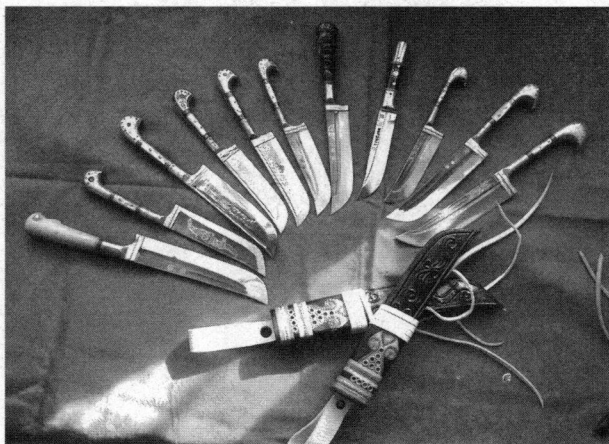

小刀及刀鞘

他拥有了两把镶嵌各种宝石的锋利小刀
造型精美，气质刚烈，光芒炫目
轻而易举就打败了狰狞的怪兽，夺回了栖身之地

从此当地男性都以佩戴小刀展示英勇与霸气

传说是遥远的，我的诗歌是当下的
它跟随时光的轮轴一起投入流年
揣摩刻在小刀身上的分分秒秒
比如挑选钢材的细心，制成粗胚和细胚之后
用锉刀锉磨光再行淬火的耐心
比如锻打与保养的精心，比如开刃亮相的小心
这些工序口口相传，不需我用文字解读
你也能明白在独特漂亮的刀鞘里
藏着的，是一个民族力量凝聚成的精华与神韵

给我一把英吉沙小刀，我便可以放心闯天涯
天日昭昭，我不是要鲁莽地放逐诗情
我只是想吸取传说的精粹，将守疆护域的烙印，佩戴一生

作者简介：霜扣儿，女，原名王玮，黑龙江人。百年散文诗大系《云锦人生》主编。《中国诗人》副主编。作品多次被收入各种年选、年鉴并多次获得大奖。著有霜扣儿作品集——诗集《你看那落日》《我们都将重逢在遗忘的路上》，散文诗集《虐心时在天堂》，及散文诗集《锦瑟十叠》（五人合集）。

英吉沙，山水中的辽阔

万世长

1

野花铺垫的山川，有牧羊人归来
在英吉沙，二月的阳光滑行在黑鹳的翅膀上
有白云搭建起屋檐
有绿植运来一万吨火焰
库山河柔软，它怀着十二种微波
行走在塔里木盆地的细雨里
皮肤落满花粉

在昆仑山，暖风顺着枝叶
一寸一寸筛落
土陶村养心，只有杏花翻山越岭而来
与水色重叠

2

马蹄声弹奏的古韵，堆砌山岗
又溢满南湖
只有棉花收藏星月
弥漫在砾石滩的四周，又被牧歌细细碾压

像英吉沙被水清洗过的清晨和黄昏
芦苇丛赶着白鹤而来，如沙漠怀抱三棱草
此刻格外宁静

英吉沙县棉花

3

它的草木亲切，依格孜也尔河铺开一万匹土布花
桨声一层一层在织
在湿地公园
百鸟的歌舞献给蓝天和白云
一路对唱山歌，细雨含着琴声
一路讲述原生态部落
当白眉鸭歌唱，湿地有柔软的内心

在英吉沙，英吉沙杏定居在南疆重镇

木勺舞敲响平原，将铁线莲和琵琶柴铺开

昆仑山北麓色彩丰满

英吉沙县依格孜也尔乡戈壁

4

模戳印花布作品

它的春日细腻

一块模戳印花布，配置森林

那是古镇眼波里的柔软，在丝绸之路延伸

滑向指尖

又交给密林染色

在英吉沙，雪莲的衣裳在天上存放

道路身披彩霞，有草木的呼吸

道路带回沙漠的潮汐

在骆驼刺的词语里，黄羊有口哨

柯阿西有歌声

5

七月苍耳的脚步，被鸬鹚领悟

山川有骨骼和胸膛

红隼携带着雨水和密林，在湿地又是

二十四个时辰旋转的光阴

英吉沙县民间艺人翩翩起舞

骆驼莲藏着背影

动用白眉鸭的队伍追赶

一日风暖一日雨细，又一日复活思念。小刀村收藏书信

那是一个人的密语

在阳光芬芳的脸颊上，铁的作动

表述完整

6

阳光薄透，林间有涛声

英吉沙推开金色的窗子，被戈壁滩上的山歌播放

草木镌刻体温，都是各民族的

乡愁和根

英吉沙县依格孜也尔乡山景

马队拉运着库山河远行，

都是唐诗宋词。在砾沙的基因里诵读，起于天山

落于昆仑海，杏果满园

山川的嘴里含着某种瓷器

从一粒沙，到另一粒沙。英吉沙浩荡的山川
辽阔的原野，宽厚和优美
在青灯的八卦图里

英吉沙杏

7

英吉沙有沙枣，长满神话和传说，如歌舞
和欢声笑语的火焰
英吉沙盛产运粮的车队
阳光收割棉花，十月是自己的火种

在彩陶的光泽里，天空瓦蓝
在新时代宽敞的道路上，万物鼓掌
如库山河和依格孜也尔河的合唱

英吉沙县沙枣花

作者简介：万世长，陕西作家协会会员，《安康日报》签约诗人。在《诗刊》《星星》《诗选刊》《诗歌月刊》《绿风》《诗潮》《延河》《时代文学》《散文诗》《北方文学》《四川文学》《山东文学》等发表作品，入选《2012中国诗歌年选》等。入围华文青年诗人奖、安康市政府文艺精品奖、《星星》诗刊"点亮藏区"一等奖、《剑南文学》2012年度诗歌奖、海子诗歌奖等。

写意英吉沙，献诗或献辞（组诗）

刘　巧

1

摊开英吉沙 3425 平方公里的行政区划图
我愿意用一颗真心去触摸那河流、沙漠、杏花园、土陶村
愿意和日月一道，去寻找制作土陶的技艺
锻造小刀的秘密，以及杏花盛开时
蜜蜂欢乐的微笑，沙漠中有金色的呼唤
写下"新城"二字，就能读懂
一座小城的秀美与精致

英吉沙县北湖公园景色

美，不仅仅是自然之美的修饰

还可以是烤包子的香气，抓饭诱人的民谣

达瓦孜非遗文化的魅力

当所有的祝福，都化身为英吉沙公园里的一滴水

那么，我的寻找，就可以把坐标

浓缩成一缕清风的吹拂，一首诗的赞叹

2

是的，春天，来到英吉沙

走进艾古斯万亩杏花园，我的心，仿佛柔软成了

春天的谚语，杏花盛开的时候

空气中荡漾着的甜香，从英吉沙向四方绵延

每一朵花似乎都濡染着英吉沙人的善良与温润

盛开时，花香自带甜净与芬芳

英吉沙县杏花

不仅仅是在杏花园中盛开

英吉沙的杏花，还可以在短视频里

在宣纸上，在远方的版图上，一朵朵盛开

于是，成片的杏花，组成了春天的民谣
热爱生活的英吉沙人，站在杏花下
尽情歌唱，歌声和花心里的阳光
碰撞出生活的美，那旋律，有着日光的祈福

3

要想获得夏日的清凉，一定要在早晨或者黄昏
走向穆孜鲁克湿地公园
沙漠中的绿洲，金色诗行中的绿色标点
芦苇丛中的歌声，可能是一只鸟儿在清了清嗓子
也有可能是来自远古的回答
一个诗人，来到穆孜鲁克，必定会把诗情留下
把一生的想念留下，比如来自南方的我

穆孜鲁克湿地公园　　　　　　　　穆孜鲁克湿地公园美景

或者去南湖旅游度假区
让自由的心，放飞出一滴水奔腾时的欢乐
来到英吉沙，夏日的开阔
必须是一望无际的浩瀚的湖面
或者是一个人静静地冥想，躲在树荫下
寻找一首诗清澈的源头

源头里有接近自然的感喟

有对英吉沙，大美风景的靠近与致意

4

秋天的英吉沙，从秋风中解析出修辞和奇迹

你看，腾飞的英吉沙，用绚丽的夜景

布局着时代创造的辉煌

浓重的笔墨，开始在达瓦孜的音乐声中

探寻非物质文化遗产的魅力

英吉沙夜色中的焰火，宛如胡杨生长出的金色

展示着梦想的辽阔与真情

英吉沙县非遗表演　　　　　济宁非物质文化遗产亮相英吉沙县国学书院

模戳印花布上，有英吉沙人对美好生活的解读

乡愁填词，乡情谱曲

跳起木勺舞和赛乃姆

鼓声中飞翔出英吉沙的人文之美、生态之美

我仿佛看见一根丝线，在手指间穿梭

绣出英吉沙的波光水影

绣出英吉沙的地灵人杰

5

静穆的冬日，我还是喜欢在土陶村和小刀村

停留，禅悟。土陶的制作

不仅仅是一颗心的修行，还是对一种文化的传承

需要用心去靠近陶土

去制作模型，去雕刻

雕刻出对生活的感恩，对英吉沙

新城如梦，繁华讯息的一次回望

刀王故居

模戳印花布传承人在创作中

或者在小刀上雕刻出美丽的图案

锋刃上有光，刀把上有情韵

一把英吉沙的小刀，见证了一段辉煌的历史

我凝望着刀刃上的光

那闪耀的光芒，把英吉沙人的幸福日子

用水韵的碧波，书写钢铁的荣光

6

英吉沙，英吉沙。从一滴湖水出发
抵达一座小城秀美的灵性之语，从一件陶器
一把小刀，一枚杏仁，取出深情的朗诵
或者拉开绿色的幕布
让春天的赞美诗自由地朗诵
写出英吉沙的邮政编码，印在信封上
邮寄给远方的亲人，就是吉祥的问候
借我画家的画笔，画出英吉沙标志性的图案
画出蓝天下的沙漠、绿洲和公园
画出高楼，时代奔跑的强音
英吉沙的孩子们，手中攥着英吉沙杏
咀嚼出和生活一样的甜蜜
是的，在英吉沙，甜，是一个美丽的动词

英吉沙县南湖旅游度假区风景

作者简介：刘巧，女，1988 年生于四川什邡。中国诗歌学会会员。作品散见于《诗刊》《星星》《诗歌月刊》《中国铁路文艺》《星火》《台港文学选刊》等，近年获得 2021 年什邡市政府文艺奖、2019 年阿来诗歌节诗歌征集铜奖等。有诗歌入选《2020 四川诗歌年鉴》、中国诗歌网征文选等选本。

英吉沙，古丝绸之路上的明珠（组诗）

程东斌

万亩杏花，天地的烟火

英吉沙县杏花

古丝绸之路的驼铃声还在记忆与乡愁中回响

落地的音符如字粒，编纂了

英吉沙的时间简史，抑或是一颗颗杏核

即使受到一丁点水的滋润

也会破土、发芽，长成棵棵杏树

手牵手、根连根的杏树，饱受沙尘的剥啄

与冷风的雕刻，倔强地撑起自己的筋骨

只因英吉沙有奢侈的阳光

阳光中有递来的一季季春天

万亩杏花开了，缀在杏枝上的琉璃盏
装满雨露和阳光调匀的琼浆，敬天，敬地
敬与杏为伍的人
莅临英吉沙的云霞，混淆了天上人间
身着仙衣的凡人与穿着粗布的仙人
都在采撷杏花开放的声响，忙于
为英吉沙的春天谱曲
英吉沙凌空中绵延的炭火，蒸腾起天地的烟火
接壤的天际氤氲出朵朵祥云
波及的慈悲心，亮起佛灯
在花海波涛上震跃的是一只只蜜蜂
从粒粒沙子中蝶变出的精灵，擅于遣词造句
遣杏花的词语，造幸福的长句
花海中画完一棵花树，又配上一首诗的人
在转身的刹那，发现
杏树结满硕果，诗行落满杏花

英吉沙小刀

拥有英吉沙小刀的人，都是刀客
除身体的暴，安一颗心的良
风沙锻造，冷风淬炼的刀
再经过大漠的磨砺，每一把刀
都会开口说话
——刀锋震颤，吟哦大漠孤烟的诗篇
方寸间的龙吟，道出风雪塑身的疼
以及英雄之地的母语和呐喊
刀槽暗伏流水之音，是淬火的水
是引来绿洲的水

塞外江南的日益丰盈，得益于

无数柄小刀的垦荒

刀迹，似犁铧翻出的田垄

垄上长出庄稼和果树，撑起的绿

赋形大地磅礴的刀锋

作为拥有英吉沙小刀的人，我常常

倾听刀在刀鞘里的声响

深谙一场场沙尘暴的人，会一再将刀刃

向内，切除一颗心的贪、嗔、痴

让一把利刃在身体里禅坐

坐成一轮明月，念如水之光的经

达瓦孜：留在空中的脚印

丝绸之路上的脚印，有两行

一行在大地，一行在空中

大地上的脚印是人、骆驼以及马匹留下的

空中的脚印是雄鹰和达瓦孜人，踏出的

脚印叠摞脚印，一条丝绸之路的简史

可用跫音来翻阅。脚印托举脚印

可托出英吉沙高蹈的雷声

悬空之境，无论走钢索还是踩软绳

索上行走的人，都倒空心中的杂念

心空了，能装下蓝天

达瓦孜人从自己左右心房的桥梁上

取出一根长杆，来平衡心跳，与呼吸

并将全身的重量，交给长杆

达瓦孜表演

重量的一半是前世，另一半是来生
今生的走索人，像一枚移动的钉子
钉在蓝天，蓝天就是一本可以装订的书籍
钉在古老的技法里
空中的脚印就亮如星辰
在空中，人睡在绳索上，绳索就与脊梁切合
空中的脚印看似无迹无痕
这写在空中的诗篇，字粒和脚印已混为一谈
能将英吉沙的一道彩虹，拉直成大道

英吉沙杏熟了

英吉沙杏熟了。遁入中国第一杏园的人
被果实的香气撑大了肺叶的翕动之音
鸟鸣也是颗粒状的，撞击时光的鼓面
发出采摘的律令。从树荫中透下的阳光
在果园中游移成字粒
为英吉沙脱贫致富的卷轴，谋篇布局
一颗颗、一簇簇的杏子，曳下枝条的呢喃

母性的光亮，在果实上匍匐

大地的乳头，垂滴着乳汁。进入杏园的人

英吉沙杏

仿佛回到了待哺的时光

金黄的英吉沙杏，每一颗都住着英吉沙的太阳

照亮乡愁的肉身，与舌尖上的波澜

有人将英吉沙杏当待价而沽的果实

可制作杏干、杏皮、杏脯、杏仁油和杏仁粉

贴土英吉沙的商标。带着体温的度牒

通远方，通幸福

有人视英吉沙杏为一粒粒黄金，垒小康的浮屠

垒生活的福祉

垒成的金字塔，为丰收，树碑

冰山玉珠。挂在树上，每一棵杏树

都是生长的道场，度一方水土的贫瘠和苦涩

挂在胸前，即为珍珠

让珍珠光，映照初心。在杏园，我摘下一颗杏子

轻轻咬开，甜糯的汁水一下子灌入了

我龟裂的身体里。吮吸和滋润间
我将一枚布满花纹的杏核，藏入贴心之处

穆孜鲁克湿地，大自然的恩赐

英吉沙县穆孜鲁克湿地公园晚霞

一处秘境犹如大自然捧出的明珠
一处秘境犹如大自然捧出的明珠
弥散原生态的气息，生发盈盈绿意和紫烟
碧水滋养蓝天、白云
天空之镜的镜像中长出的片片芦苇
在瓦蓝的禅境中，坐禅、生长
参悟被尘世遗忘的清灵和繁茂，能被遗忘的
就是最刻骨的铭记
拔节的瘦骨，为不断生长的笛音埋下伏笔
吹响芦笛的，不是人和风
是原始的蓝，以及一汪慈悲的水
盐碱土块垒起的农舍升起的炊烟
缭绕着乡愁的醇香
芦苇搭建的房顶上布满籽粒，能长出绿

长出星辰。喝泉水的家禽

与在湿地上烙下花朵印章的水鸟

常常在一起谈心

谈清风写在碧水的诗句

谈芦苇的清音抵达的一部生态乐章

撑一只小船，我在穆孜鲁克湿地

放逐一颗草木之心，并与片片芦苇捉迷藏

嬉戏间，芦苇丛似乎有不被察觉的位移

像一只只绿色的小船

驶入我的心湖。我顿悟

——我和芦苇船，互为彼此的港湾

作者简介：程东斌，男，安徽六安人。中国诗歌学会会员，安徽省作家协会会员。作品散见于《诗刊》《星星》《绿风》《飞天》等。曾获得卞之琳诗歌奖，以及"乐至田园""剑门蜀道""最江南"诗歌大赛奖项。

那年，我路过英吉沙的秋天

丁　东

那年，我去远方

沿着诗词的标记

翻山越岭，在英吉沙

终于相信了前世

遇见一个似曾相识的现场

漫延的青色里，有一座山脉在延伸

一如胎记，生成久远

裸露的妩媚中，有一群羊儿在吃草

一如云朵，沉静阳光

九月的风

吹过草尖、牛耳、马背和羊角

让一丛丛野花豪放

英吉沙县杏花园

英吉沙县城关乡郁金香园

英吉沙杏　　　　　　　　　　　英吉沙杏

让一片片叶子，鼓起掌来
暖阳、白云、蓝天、青草、野花
以及杏林、瓜地、棉田……
洇染成一幅五彩斑斓的 3D 油画
她是多么与众不同
英吉沙的秋天，跌落沟地
闪亮一双脉脉顾盼的丹凤眼
不就是传说中的维吾尔小姐姐吗
丰收的喜悦，带着收获的味道
漫洇的温暖，挽回我的今生
我觉得，英吉沙的秋天
比任何地方，更为深沉
英吉沙的妩媚
比任何地方，更有质感
这里的每个人，都被幸福纠缠
那年，我路过英吉沙的秋天
沉醉于一座新城的浪漫
无法做到像蝴蝶一样，淡定
白天是晕眩的，夜晚是薄荷的

多年后，说起我灵魂的温顺
耳畔传来都塔尔的旋律
事实证明，那一次远足
犹如外婆牵着我，赶集而归

作者简介：丁东，原名丁学乐，男，1967 年出生，华东师范大学中文系毕业。长期从事教学、教研及教育管理工作。曾任江苏省张家港市政府副市长，现任张家港市人大常委会副主任。

英吉沙叙事

石桂霞

世上有多少不同的路，都是为了便于选择和走得更远。

——题记

一

3425 平方公里的扇形大地，镌刻着多少光阴的明暗
河流激荡，时间交错咬合，隆起，塌陷，褶皱，平滩
像一位沧桑的老人，更像一种使命
把折叠的山体、沙丘、沟地、水库、矿藏
——展开

英吉沙县绿水湾公园

一切直线冲刺和强烈运动的力度，瞬间放松和减退后

交出了沙漠，戈壁，山麓，荒滩，沟地

让我重回远古，从群居到部落

狩猎，农耕，打磨石器，抵达西汉

一条古丝绸的路上，驼队背着烈日和干渴

我是即将累死的马匹，也是命运的弃卒，比砂砾更小

模仿兵家的语气，缓缓说出："置于死地而后生。"

光线颤动的远方，寻找一滴向死而生的水

夜有微凉，梦向未来倾斜

摸着石头过河，歇歇脚，再出发

夏长秋短，一路颠簸，脚步慢得经不起等

重镇，驿站，恰好就在眼前

乡关故土，怀揣物种和一方水土

我是玉米或小麦，棉花或杏树，在光合作用里冬眠春生

我是黑眼睛的煤炭，也是白皮肤的石膏

更是一块硬骨头的铁，经得起千锤百炼，飞溅火星

握在战士的手里，是金戈铁马

携手冷月，与寒霜同行

辗转于农事

是犁铧，铁锨，镰刀下

日日生长的庄稼

二

青春起源于杏花，一旦登上四月的封面和头条

一定是英吉沙仙气翩然的新娘

一笑倾乡，牵动多么远方的目光和脚步

再笑倾城，云集都有风的速度

时不我待，人人两腮微红

等待惊鸿一瞥，带着春的初吻和光的薄翅

一睹天然的水色与香息

幸福，就是遇见彼此

英吉沙醉美蜜月，人间知道

杏花爱意满满，季节知道

以及自酿的烟雨江南，引渡蜂蝶和鸟群

英吉沙县麦田

黛青的枝干和花果，自然和人有更多的选择

栽培，修剪，嫁接，采摘

有必要优胜劣汰

花是白亮亮的银子，硕果，有黄灿灿的金色

冰山雪水滋养了珠圆玉润

温度和光照下的色香与酸甜

心动，也要行动，咀嚼回味无穷的杏干或杏脯

筋道是汗水积累的厚实

色鲜是经得起风吹雨打的勤劳

把岁月的苦变甜，把无霜期的干旱点亮

我贴近爆屏的花簇
像贴近故乡的气息和童年的花容
穿过天山山脉，只是从北到南
霜雪千里，那是你啊，英吉沙的杏花
我一直在梦中拖住落日
飞往绽放之处

三

钻木取火，依水而居
从老辈口口相传到现在
一件陶器经过十几道工序
脱胎出神态万千的壶、罐、盆、缸、碗、碟
不言不语，冷却下来的光
静止于弧度和曲线，抚摸也不留指纹

精致的英吉沙土陶

踏上亚欧文化交流之路，成为茶酒人生的物证

手上，火中，观感和经验，无一不是从古朴到精美

煨光，煮月

插件还是储物，肚量是存在的取向

捧着一颗小心，翼翼而行

哪一只是被模仿的前世，哪一只是今生的胎体

哪一只在远走他乡之前自渡

哪一只远渡重洋，遇故知

静心安神和命运有多大的关联呢

哪一只是酒色之徒，抱住又松手，肝胆碎了一地

我对着一只空空的彩陶

始终没有找到它想说出的词语

又侧耳，细听它腹中回荡的禅意

泥土脱胎成陶，换发釉的多色

无一不是身心的修炼和弥合

让夜色虚拟的沸腾溅出了星光

种花栽木，五谷的入肠

肉盆，烫罐，三餐的碗碟，烟火里的陶器

陶器外的烟火，黄泥生色，琉璃出彩

都饱含对泥土的深情

四

弯式、直式、箭式、鸽式……

这是淬炼和锻造的小刀

握住角质，兽骨的把柄

握住镶着钻石的匠心与美学

四百多年了，爱它，就让它敛起锋芒
让火烧和锤打的尖利回到鞘内

好钢都用在了刀刃上
削铁如泥的轻快，游刃有余的技巧
给生活吧
把一年切成四季
四季切成三百六十五日
一日切成柴米油盐的样子
舌尖品咂酸甜苦辣
含辛茹苦的手，与刀子饱满而深情的交谈
细水长流的日子
有五味杂陈，有缭绕的琐碎
抚摸对方，无非是把锐器和锋芒
隐于时间的指纹

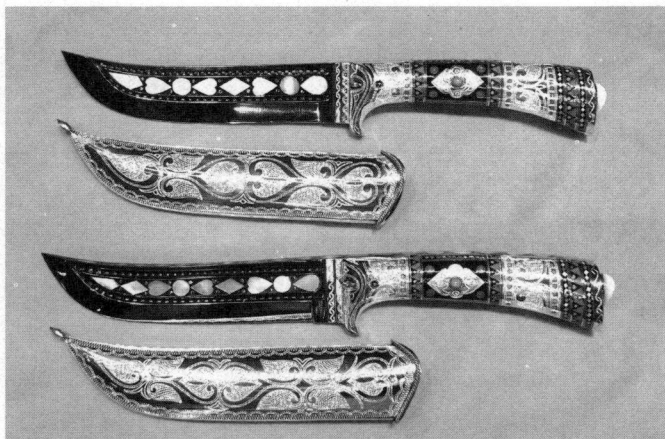

雕刻精美的英吉沙小刀

随身携带时，它不再是刀子
而是一弯瘦月，一把古琴

一只色彩斑斓的蝴蝶，或象形的牛角

金银铜铁不再是贴身的利器

而是一个地域象征，一件精美佩饰

与肉食和瓜果亲密互动

摆在面前的

不是扑鼻的香，就是流蜜的甜

五

百羊群漫过草地

白云在天空自由舒卷

斗转星移，万象抽丝剥茧

就地取材，一卷白布

谁的几何，谁大胆创意

点色生花

绽放虚实结合的多彩纷呈

英吉沙县达瓦孜公园

谁的巧手模戳，土印祥云和彩虹
让传统与现代，盛开初心和梦想
一览无余的素雅，是娴静
无处不在的绚丽是一颗火热的心
大概是裁了一块雨后田野
又仿佛剪了一片花圃
湿漉漉、鲜艳艳、窗帘、桌布
家家户户，装饰和点缀生活
都有春色的生动和活力

六

在历史和现实里反复转换
时代的镜像里
折射出多少经得起历练和打磨角色
明眸善睐的雪山流水
赋予了勇气与定律
头顶浮云，悬念是一根绳索

英吉沙县杏花园

王子阿迪力，骑尘披风，现实的空间

步步惊心，脚印留在空中

深渊无底，他意绝来路

多么大的裂缝

一个穿针的人，世界那么空

天高路远，没有神的指引

心里只有彼岸，只有从容和自信

空间被缩小在一根线上

峭壁无路，悬崖万丈，抵达，不是炫技

一切拼搏都是现场直播

敢于挑战自然和险恶

言必行，行必果

没有中途折返和回头的可能

七

样式精美的英吉沙土陶

秋风急急地吹，寒冬呼呼地来

自然有序，或无序

当执念深迷，摁下浮尘

柔情里有多少悲凉的往昔

因为艺术之神格外眷顾这片土地

独授传神的杰作

一棵树根，就有慢工细活的雕刻

改、刨、剜、磨、泡，千变万幻

观赏，使用，收藏

小可小，大可大

有用，是审美；无用，是心情

从眼界到境界，从美工到巧手慧心

遇见苦心，勤学

杨木，桑木，杏木，梨木

不再等待陈腐和遗弃

注入心血，是物有情态，成像有韵味

呼之有应，放手即飞

借一束目光的触摸，微热慢暖

传递美和灵魂的温度

雕刻精美的英吉沙小刀

八

多少酒穿肠而过，却不知为谁而饮
多少人，频频举杯，又难解其中之味
英吉沙，是部分人的远方
也是部分人的故土和家
坐镇叶尔羌与喀什之间
即使风沙满天，浪潮翻滚
总有引路人和掌舵者
背负长途，一路艰难跋涉

站在时光更迭的码头上
去日苦多，而来日方长
远村慢慢接近，眸子里的流水照见青草和繁花
未来何曾有过句号
世上有多少不同的路
都是为了便于选择和走得更远

如果我是黑鹳、白鹤、白眉鸭
情愿安家湿地，落户公园
而不是秋去春来，忙于迁徙
英吉沙，这个美轮美奂的地方
做生根发芽，英姿飒爽的芦苇、红柳
席地而坐的骆驼刺，无一不是护边城的卫士
一棵迎风摇曳的沙拐枣、英吉沙杏
繁衍了多少子子孙孙，开花结果
是多么幸福的事

九

英吉沙，诗情画意，远方和梦想
在岁月的慢时光和时代的快节奏里
似一口古典精美的陶缸
盛着刚刚启封的千年陈酿
散发诱人的酒香，其实是一步一步
淘沙、精选、酿造、斟酌、细品
乘着文化润疆的东风，推陈出新

若取一瓢，分两杯
一杯自醉，一杯醉留恋不舍的客人

作者简介：石桂霞，女，新疆作家协会会员。小说、散文、诗歌、散文诗、评论、随笔等散见于《人民文学》《西部》《飞天》《山东文学》《星星》《诗潮》《青海湖》《石油文学》《海燕》《时代文学》《绿风》《雪莲》《文学与人生》《文学港》《散文诗世界》《散文诗》《文艺报》《新疆日报》《西安日报》等公开发行的纯文学刊物和报纸副刊。诗歌多次获省（部）级刊物奖，诗歌、散文、散文诗多次入选各类年度选本。出版诗集《蓝色发卡》，现居西安。

我·英吉沙情缘

史雅敏

旅途注定要从一段梦想开始
久居南方，便被边疆的辽阔吸引
爸爸说边疆的气候有点儿干
但我却说边疆的天很蓝
妈妈说边疆的饭你不习惯
但我却说那里的夕阳落得晚
于是，一张车票
我和英吉沙的情缘从此开始

来到英吉沙不知不觉已然三载
春秋更迭，暑往寒来
在英吉沙我也有了自己的家
我热爱这里淳朴的人民
我依恋这里宽广的天地
我晒过这里的骄阳
我更感受过这里晚风的微凉

在英吉沙，有好客的南湖度假村
漫步南湖，卸下疲惫
一草一木都在倾听你的心声
平静的湖面够你重新扬帆

在英吉沙，有引人驻足的美食街
人来人往，熙熙攘攘
形色各样的美食唤起对家的思念
走在喧闹的街道方觉自己并不孤单
在英吉沙，冰山玉珠赛昆仑
勤劳的人民帮你把英吉沙杏送上门
在英吉沙，小刀美名天下传
邮寄全国不犯难
在英吉沙，非遗古镇土陶村
工匠传承精神永留存
在英吉沙，达瓦孜表演惊心破
吉尼斯纪录创新高

英吉沙县依格孜也尔乡水库风景

这就是我梦想的边疆
我看到的不仅有远方蓝天和夕阳
还有这一路上无尽的风光
这就是英吉沙
我的第二故乡

心语心愿心声

董卫刚

英吉沙，一个看似普通却又令人向往的地方

初到之时，一个宜居、舒适的袖珍县城映入眼帘

一排排安居富民房整齐划一、错落有致

一条条笔直的柏油路纵横交错、通向远方

一棵棵参天大树如雨后春笋般拔地而起

总会令人思绪飞扬

驻足静心回味之时

一种似曾熟悉的感觉充荡心田

哦！原来那是故乡的味道

这里虽没有江南水乡的柔情

却有着西北边陲的雄伟

这里虽没有小桥流水的惬意

却有着大漠孤烟的壮美

这里虽没有灯红酒绿的闹市

却有着碧水蓝天的自然

一方水土养一方人

此刻的我们早已与这片沃土融为一体

工作之余，我想带你去风光迤逦的南湖走上一走

曾几何时，欢声笑语早已赶走了唉声叹气

工作之余，我想带你去摘几颗"冰山玉珠"大饱口福

曾几何时，英吉沙杏已成为我们思乡的蛊惑

工作之余，我想带你去英吉沙馕屋转上一转

曾几何时，喀什味道早已成为我们挥之不去的舌尖诱惑

工作之余，我想带你去挑几把英吉沙小刀

曾几何时，"丝绸之路一枝花"的美誉早已闻名遐迩

工作之余，我想带你去体验一把土陶技艺

曾几何时，我们早已对这片土地爱的深沉

工作之余，我想带你去绿意盎然的穆孜鲁克畅游一番

曾几何时，湿地公园早已成为我们生活惬意的一角

工作之余，我多想带你去看一次精彩绝伦的"达瓦孜"

曾几何时，我们开始对空中杂技变得越来越痴迷

工作之余，我多想带你去库山河畔散步一回

曾几何时，那斜晖下的一幕早已定格在我们的记忆

这一切的一切

已成为我们生活的日常和茶余饭后的家常

英吉沙县穆孜鲁克湿地公园　　　　　　　　　英吉沙杏

我时常叩问自己

来疆之初心

从而也时常告诫自己

路要自己走

心要自己懂

此刻的我站在英吉沙大地

听见土壤萌芽

等待花再开

把翡翠留给年华

记忆回味、珍藏感动

人生最美好的瞬间莫过于此

唯有且行且珍惜！

错 过

耿国栋

一捻印花拓模溢出在袖口，
指尖轻抚花叶糅合香嗅透；
弯月落戈壁，
刀锋耀绿洲；
穆孜鲁克的雾影里看见小时候。

一抹思念烙印泥土彩浅勾，
融雪流水如冰似你离别后；
玉珠思粉黛，
银丝念竿首；
砾石洪积的古道我牵着你漫游。

英吉沙县民间艺人在杏花园里欢快地跳舞

英吉沙县穆孜鲁克湿地公园

你在跳麦西来甫我转身错过，
湖光影梦是你我说白头相守；
谁记得那年胡杨树下思念瘦，
现如今杏花飘香我的等候你没看透。

你在跳麦西来甫我转身错过，
背踏银蛇百炼钢化作绕指柔；
胡杨将往事染色人生已看透，
昆仑漫雪的季节独留我踟蹰到白头。

经"尝"忘不了的英吉沙杏，
用大爱之心挥写内蕴

张培松

一

那些听见和不能听见的声音，一个土生土长的英吉沙人
会接受她全部的馈赠
好日子悄悄低下来，大美英吉沙，万物的生长
都有她独特的芬芳
湿漉漉的草木仿佛蘸着杏花的芬芳，把日子过得细水流长

英吉沙杏

我想，只有懂得英吉沙杏的意义，这丰收的喜悦和这轮廓

才能焕亮英吉沙县

每一个杏果她寂静的力量，在锋利之上，沾满荣光和香甜

二

当汗水浸湿土地，那清风、那杏树、那英吉沙人的步伐

和着每一滴斜飞的阳光，仿佛立下了深情的字据

此时，在探索与徘徊之间，在奔跑与行走之间，爱交出爱

灵魂更重了

英吉沙杏熟了，彻底熟了

熟得辽阔，熟得一见倾心，熟得仿佛要喊出一种声音来了

甚至，在英吉沙县所有的距离之上

请允许我欣喜若狂地喊出英吉沙杏，一块土地崛起的底色

三

潜入这色彩的深处，英吉沙杏就是发表在她大地上的作品

把一生藏进一棵渐渐长大的杏树，并努力成为自己的王者

从一个个英吉沙杏看英吉沙人，我仿佛看到了他们靠近

泥土的虔诚

像是双手放在一把手风琴上，演奏出了欣慰和幸福的真理

我终于相信：英吉沙杏的甜是掏心的甜，用心孵出来的甜

多少英吉沙人踏上返乡的旅途时

我看到他们像夕阳一样，一根一根地传承刻骨铭心的热爱

或成为英吉沙县情感的一部分

或成为英吉沙杏的甘甜、盈口，让灯火交织成回归的一部分

四

光阴被脚步捣碎，在英吉沙县那么多不可估量的喜悦之间
我想听一听
一个果农是如何把一棵幼苗培养成果实累累的杏树
又是如何让英吉沙杏的甜
甜得如此干脆，甜得连英吉沙躁动的风都停止了飞翔

英吉沙杏

这个鼎沸的时代和奔跑的国度，看到英吉沙县一个个果农
迈着喜悦的步伐，不停弯腰的姿势仿佛有用不完的力气
那额头晃动的泪珠，多像眼角激动的泪水，多像一幅杰作

最是英吉沙杏随风摇晃的一瞬
瞬间：整个英吉沙县大地
多么令人陶醉
此刻：畅想在一个个英吉沙杏的甜蜜里，播种一颗中国心
然后在祖国的辽阔中，找到英吉沙杏红遍大江南北的理由

散文篇

迷醉英吉沙

浓情，只为这片花海心跳

潘蒙忠

非常欣赏一位文友的这句话："随着时光的流逝，对于世界的感知是愈来愈真，也愈来愈深了，对于一切喧嚣的事情和过于张扬的感情都心存怀疑。"它使我想起了莎士比亚对生命的嘲讽："充满了声音的狂热，里面空无一物。"

世上有许多许多的花，可我最爱英吉沙的杏花，她从不张扬，无声无息地绽放，又无声无息地奉献出无数果实的金黄。

尘埃终于收起了魔手。太阳从云层里露出笑脸，把和煦的阳光撒在边陲广袤的大地上。

怀着欣喜的心情进入英吉沙县境内，春光是越来越浓了。挺拔的白杨树

英吉沙县杏花园

上缀满了油光生亮的新叶。小草嫩绿着，探头探脑地张望，一冬严寒的禁锢，让它对春光充满向往与喜悦。

名字有点特别的英吉沙是新疆喀什地区的一个小县，是古代陆地丝绸之路的驿站，南疆八大重镇之一，面积3425平方公里，位于新疆西南部，昆仑山北麓，塔里木盆地西缘，东部与莎车县接壤，西南、西北与阿克陶县毗邻。

悄悄来到英吉沙县艾古斯乡，不与潮水般的游人混杂，不听小鸟在枝头的啁啾，不看杨柳换了新装，不闻桃花满树的芳香，就想再次一睹那万亩杏花尽情绽放的壮阔与辉煌。

满是尘灰的车子绕过一片开阔的农田，穿过白杨树筑就的屏障，大约500米开外，奇迹就出现在了眼前。这万亩杏林无数枝丫撑起的上方，满是绯红的色彩，仿佛仙女玉体轻盖着的一层薄纱，如夕照的晚霞，似朝阳欲出时的晨光，风儿吹来，这绯红飘忽着，游移着，有了梦幻的感觉。

近些，再近些，看得真切了，这绯红居然有了层次的分辨，四周轮廓边沿呈淡红，中间红得深些，上面是蓝天白云的衬托，下边是绿油油的麦苗，点缀些金黄的油菜花，这绵延不绝的杏花，如同娃娃的脸，水灵中透着几分秀美；仿佛女人的裙，艳丽中露出一点素雅。待我来到她的身边，仰起头看时，这一抹绯红却又不见了踪影，满树的杏花居然成了浅浅的粉白。一株株杏树高矮大致等同，修剪有序，呈放射形，一棵连着一棵，望不到边，看不到头，杏花簇拥着，团团包裹着，花瓣儿嫩嫩的，好像要滴出水似的，中间的蕊儿细细的、弯弯的，如同黄金抽成的细丝。花儿形态各异，风采不一：那全开了的舒坦地平展着，沐浴在阳光里；那未开的却像红豆似的圆润剔透；最美的诗意蕴含在半开半露中，朱红色的萼儿挺立在柔软的枝上，开裂的苞儿中间露出一丝浅红，像极了少女的朱唇。来自江南水乡的我，见过不少桃红柳绿的美景，但不管是哪里的花，都比不上万亩杏花的气魄与韵致。南方的花大多秀气精致，加上春雨的滋养，色彩是艳得惹眼了，但数量少得可怜，只是星星点点开在小河边、庭院里、墙根旁，即使是古诗中牧童遥指的所谓"杏花村"，我想也不过三四株罢了。凑近，再凑近些，我竟发现了可爱的小生灵。蜜蜂嗡嗡地唱着歌，在离杏花五六厘米处便收起了翅膀，轻轻吻着花瓣，轻轻钻进花蕊，轻轻吮吸那甜甜的蜜汁；离开时，依然收拢着双翅，待身子跌下几厘米时才张开翅膀，欢叫着向另一朵花儿飞去。杏花的美，居然让蜜蜂也懂得了怜香惜玉。

钟爱英吉沙的杏花，不仅在于她玲珑剔透的体态，不仅在于她吐露的似有似无的清香，也不仅仅在于她那花团锦簇的模样，更在于她历经劫难而坚韧不屈、昂扬向上的刚强。

五个瓣儿的杏花，就是到了盛期也绝无梅花的娇艳，没有牡丹的雍容，没有玫瑰的浓香，没有桃花的粉红，光秃秃的枝条上，没有一片绿叶的陪伴，只是孤零零地向着天空开放着自己的美丽。

英吉沙县杏花园

她无所求、无所欲，只是普普通通的花，留在世上的时间短得只有七天，可即使这样，她却饱受寒冬的侵袭、沙尘的摧残、暴雨的肆虐、狂风的抽打，然而，她没有退却，更没有丝毫的屈服，她蜷伏在枯黄的枝头，忍受着痛楚，躲闪着灾难，心中想着明天的璀璨，坚定着信念，编织着未来的梦。等到冬去了，风歇了，雨停了，尘落了，她振振身姿，舒一舒筋骨，像临盆的女子，拼尽了全身的力气，绽放出花来，散发出缕缕幽香，赢来蜂飞蝶舞，游人驻足观赏且赞叹不已。

杏花的这种风范，这种情操，这种刚毅不懈的追求，多像勤劳纯朴、拼搏前行的英吉沙人啊！

英吉沙，维吾尔语为"新城"。

平地惊雷一声起，是改革开放的春风唤醒了沉睡的大地，是创新求变、大干快干的理念，让英吉沙人知难而进，奋起直追，在山东援疆干部的鼎力支援下，各族干群团结一心，砥砺前行，他们讲实话，干实事，求实效，比实绩，大大缩小了与全区先进县市的差距。精致实用的英吉沙小刀，色彩鲜艳的土陶，厚实耐用的模戳印花土布，惊险刺激的高空达瓦孜技艺，风光旖旎的南湖风光，轻盈飘逸的艾德莱斯绸，成为人们心中的传奇与骄傲。享誉大江南北的英吉沙杏多达 17 余万亩，年产量 6 万余吨，仅仅是这小小的杏子，创造了多少人间奇迹：成为全国十大优质杏商品基地县之一，荣膺"中国色买提杏之乡"称号，被冠以"中国第一杏"和"冰山玉珠"之美誉，被批准为中国国家地理标志性产品。样式美观的安居房，宽阔平坦的街道，车来人往的城镇，鳞次栉比的高楼，一片兴旺和谐的景象。这充盈着的繁华，这实实在在的硕果，这喜人的巨变，既是一张张响当当的名片，提升了英吉沙在国内外的知名度，更是如同怒放在枝头的杏花，吸引了无数人惊羡的目光。

　　我心情激荡地站在万亩杏花林中，周身早已被无边无际的花海包围，杏花一丛丛、一簇簇、一串串，繁花从树枝开到树梢，不留一点空隙，柔柔的阳光下，随着风的摆动，犹如喷花的飞泉一般。我像一只蜜蜂，面对无数花的笑靥，舒展了烂漫的心情，一份浓情只为这片花海心跳。那汇聚一身的美好，在眼里，在心里，在悠然恬淡的光景里，无论怎么看，都是一种赏心的欢喜。严冬已去，春色正浓，嗅着杏花的馨香，我看到了秋天金黄的硕果挂

英吉沙县杏花园

满枝头，我听到了丰收庆贺的鼓声在大地的热情澎湃。

天色渐暗，夕阳透过云层，晚霞撒落在这万亩杏花林中，把数也数不清的杏花镶成了古铜色，分不清哪是夕阳的光影，哪是杏花的玉瓣。十里杏花十里红，万亩杏林万亩香，别以为这仅仅是一道普普通通的风景，它是英吉沙美好前程的写照与缩影。

阳春三月杏花开，万顷杏树花如海。人游林间身披锦，鸟出杏林却又还。此时的我，早已醉倒在了杏花铺就的浓情里，为这片漫无边际的花海，更为英吉沙人无比幸福的明天……

作者简介：潘蒙忠，出生于上海浦东，曾任新疆喀什日报社记者、编辑、编辑部主任、正处级副总编辑，新疆喀什地区广电局新闻中心编审。中国散文家协会会员，新疆作家协会会员，新疆喀什地区作协顾问，喀什市作协名誉副主席。酷爱散文写作，不少作品曾在《华夏散文》《散文选刊》《新疆日报》《喀什文艺》《叶尔羌报》《喀什广播电视报》《喀什日报》发表，累计达 600 多篇计 120 多万字。散文《喀什，飘香的城》曾获 2012 年中国散文华表奖，并入选《中华散文精粹》。《石榴花盛开的地方》等代表作被收入《新疆喀什当代散文精品选》。另有不少散文选入赵力先生主编的大型作品集。长篇报告文学《无悔人生》曾在 1994 年 7 月 8 日《人民日报》头版刊发。

土陶之脉

李晓林

时光过得真快，恍惚一夜之间，许多民间传统手艺竟被现代化技术产品所取代了，留给人们的只能是一种怀念和感想，回忆和旧梦，比如土陶，在繁华喧嚣城镇中早已消失了，一些偏远的地方保留下来的也是少之又少。比如说，土陶技艺。听说喀什地区有两个地方至今仍保留着传统的土陶制作技艺，一个是喀什市，各种媒体报道的很多；另一个是英吉沙县，县里专门投

英吉沙县国家级非遗项目土陶传承人在做土陶

资建设成了旅游景点，很是别致。一天，我怀着对传统文化的向往和崇敬，来到了这片古老博大的土地，去探访土陶陶器烧制的传承人。

在县文化馆干部的陪同下，我们一起前往土陶村——芒辛镇恰克日库依村。

去的路上，文化馆的干部给我介绍说，英吉沙土陶烧制技艺历史悠久，其间，无论时势怎样变化，代代有土陶人在坚持传承，且不断发展创新，一直流传到现在。听着介绍，我的脑海中瞬间回想起了小时候曾捧着土陶碗吃饭的情景，不禁感慨，工业化与现代化正在加速发展，传统的土陶技艺离开了沸腾繁华、绚丽多彩的生活，渐渐已老去，早已被人们遗忘掉了，值得庆幸的是，在英吉沙县还有一位土陶技艺者仍在默默地坚守那份"匠心"。

"到了。"文化馆干部的讲话打断了我的沉思。

只见车辆走进了一个不太大的停车场。放眼望去，前边有几幢外表全部是土色陈旧的平房，手挽着手，肩并着肩，显露出一种古朴之美。宽大和幽深的巷道，以及平房中的木色门、窗户和土色的墙壁，完整地表达着土陶村的风貌，延续着英吉沙土陶文化绵长的故事，与之不远处高大时尚的建筑形成了格格不入的反差，宛如喧嚣红尘中的一处原生态风景，特别显眼古朴。近处有一条大渠穿村而过，渠边上耸立着一座四方墙体，上面有土陶浮雕影子，醒目耀眼。

走过一段小巷，来到一个平房前，陪同的县文化馆干部说，就是这家。

伫立门前，我抬头仰望，高大的泥巴门头上面镶嵌着一块被风雨吹拂过的木板，陈旧且显得厚重，上面并排写着：国家级非物质文化遗产传承人——土陶艺人之家——阿卜杜热合曼·麦麦提敏。听到有人讲话，院里的主人快快打开了门，笑盈盈地走出来迎接。我笑着对站立在眼前的一位中年男性说，那个人就是你吗？他笑笑点头。

阿卜杜热合曼·麦麦提敏身高有一米六五的样子，气色红润，和眉笑目，被风吹黑的脸上露出可爱的笑。一番问候后才知，今天是巴扎天，他原计划要到集市上售卖他的陶器的，听说我们要来，他才推迟时间了。

他家院内，与大多数南疆维吾尔族家的庭院布置没有什么更多的区别，四合院，中间有葡萄架，房子的门前搭着防晒、防风沙的高雨棚。进门的左手边，陈旧的平房里堆积着一大堆粉末状的黄色泥土，还有一个不起眼的制作土陶用的转盘，几个成形的黄色小花瓶土坯横七竖八地躺着。一位看上去20多岁的年轻人正在专注地抟着泥巴，动作之娴熟，搓、揉、压、捏，环环步骤显得熟悉、精致老练，如同老师傅在给来者表演。见我们来到，他眼睛看了几眼后，面对我们只是微笑，算是给我们打过招呼了。手中揉捏着的泥巴迅速放在一个轮盘上，刚才还静止不动的小小铁转盘突然飞驰电掣般地转动起来，年轻人用两手小心翼翼地护着正在转运的泥胎，犹如正护着一个脆弱的婴儿般精心专注，几秒钟后，一个小小的泥胎小碗便呈现在眼前，看上去非常精致玲珑，既是一个土陶艺术品，又是一种小玩具，精致玲珑，甚是喜爱。

我被年轻人精湛的技艺所吸引。正想与他打招呼时，突然，呼啦啦的院内来了十多人，是一个旅行团走进来了。带着麦克风的导游边走边动听地讲解，声音洪亮，响彻院内。我主动与一游客搭讪，才知这些旅客来自上海，其花白的头发告诉我，他们大都是至少五六十岁的人了。见到从小就眼熟的土陶技艺，他们脸上立刻荡漾出慰藉心灵的渴望，以及一种回归童年时的惊喜，纷纷对着土坯陶器照相留影。那位制作土陶的年轻人见状，重复着刚才的动作，尽力展现自己的得意绝技，惹得游客们投来赞许的目光。

送走游客后，主人阿卜杜热合曼·麦麦提敏才腾出时间招呼我们到院内放桌子的地方围坐。他的普通话虽然不太流利，但从脸上露着的笑意和表述中，感觉到他是能够听懂大概意思的。他的家人忙着倒茶，端上来了西瓜和烤包子，热情似火地招待我们，这是南疆招待客人的习俗。

阿卜杜热合曼·麦麦提敏出生于1958年，从小时候的记忆里，他就知道，这个村里有很多人在做土陶，自己的爷爷、奶奶和爸爸、妈妈也会制作陶器。他是家族中第七代土陶烧制传承人。8岁的时候，就跟着父亲一起拉土，筛选涂料，学习制作。12岁的时候，就基本掌握了土陶制作和烧制的全部技艺。25岁那年，父亲患病弥留之际给他讲，以后无论生活多么艰苦，不要放弃祖传下来的土陶制艺，一定要将此技艺传承下去，有了此手艺，就不会没有饭吃的。星移斗转，花衰草荣。改革开放以后，全国各地新生事物层出不穷，处在偏远的新疆维吾尔族群众原有的生产、生活习俗也悄然发生了变化，人们的审美情趣也高了，受廉价塑料质、玻璃质现代工业品的冲击，手工土陶制品需求量也日益减少，土陶制品卖不出去多少，销路渐窄，收入微薄，很难维持生活，不少艺人们不得不闲置或抛弃祖传的手艺，改行做其他的事了。这时的阿卜杜热合曼·麦麦提敏也迷茫过，彷徨过，气馁、消沉缠绕过，放弃的想法也产生过，但一想到自己家族几代人坚守的技艺，竟然要在自己手中停下来，内心还是有种愧疚与遗憾，重振自信后咬着牙坚持过来了。现在，他一家还在专心致志地做着土陶制作与烧制，始终用诚厚朴素的心态坚守土陶技艺，过着以家庭为中心，如古老的水车轮转动一样的日子，日复一日、年复一年地做着买卖，相安无事，与世无争。现在，没有想到，近年来，越来越少的土陶制品成了艺术奇葩，竟然得到了更多人的关注、欣赏、喜爱了，成了稀缺而珍贵的宝贝了。

制作土陶看似简单，但也是一个复杂细微的过程。首先要选好土质。英吉沙地表上的土是不能用的，石头多、沙子多，只能到水库边上挖沉积多年的黄色泥土，那里的每一寸土地，每一粒尘土，都是大自然的无私馈赠，经过日月星辰的亲吻，变得非常纯净、温和、真诚，黏性和吸水性好、干净，是制作陶器的上好土质，这些土质，制作出来的陶器质地细腻，具有光泽照人、结实耐用、耐酸、耐撞等优点。

经他这么一讲，我顿时想起来了，原来，位于英吉沙县水库边上的巨大黄色泥土还是一大宝呢！我很多次路过那里，总能发现那些披着历史岁月、纵横沟壑的黄土堆静静地沉默，时时在自问，这些泥土能有什么作用呢？现在才知道，这些黄色泥土是做土陶的最佳原料。

泥土拉回来后，要过滤、晒干，制作中要加水反复用力揉捏，达到一定的韧性，然后放在自制的木制轴盘上，开始制作泥坯，整个制作过程无须任何图纸和任何模板，无须尺量，完全靠手感和经验制作出来，一遍制作成品如果不满意的话，便把泥巴揉掉重新开始制。当坯子成型后，将其放置在向阳的地方晾干，随后即可上彩釉，最后放入窑内点火烧制成型。

阿卜杜热合曼·麦麦提敏告诉我，英吉沙土陶制作技术历史久远，传承时间长。自己主要制作和销售有素陶和琉璃陶，素陶就是花盆、花缸等，多用于花卉，居家多植花木。琉璃陶最富特色，有罐、壶、盘、碗、缸、盆等几大类。他烧制的陶器基本上形状不同，大小不一，品种多。洗手壶更是他的特色，民族特色浓郁，造型别致，受到当地或外地群众的喜爱，别的地方人员不会烧制，这是他的绝活手艺。

说着，他让其家人当即给我拿来了几个烧好的陶器壶让我看，我拿在手上翻来覆去观察，怎么也不懂其内中奥妙。后来，从王时样著作的历史文化书中看到："喀什市的土陶粗犷而明快，莎车的土陶古朴而敦厚，英吉沙的土陶最是精巧艳丽，以花色多、品种全而著称，其中陶制阿卜杜瓦壶（洗手壶）堪称全疆一绝。此壶工艺古朴、造型独特，高约 30 厘米，由顶、颈、腹、嘴、座、把及壶腹两侧环形孔片共计 8 个部分黏结而成；最为奇特的是，壶腹镂刻成密封空圈形，水从壶头洞孔内注入，壶身竟滴水不漏，倾倒时壶嘴出水又极为流畅。观赏把玩令人爱不释手。"

问其土陶技艺现在有无传承人时，这句话似乎问到了他的得意之处，他高兴地笑着说，自己有三个儿子，都会做土陶制作与陶器烧制，自己的老伴也会做，2006 年，她还在新疆妇女手工艺品巧手展示大赛中荣获过三等奖呢，现在的小儿子高中毕业，有文化，有能力，有创新。正说着，小儿子走过来了，阿卜杜热合曼·麦麦提敏让儿子在现场给我制作土陶。我说我相信他会做，不再麻烦，进门时就看到儿子在制作土陶了。但他似乎担心刚才我没有认真地看，或者是怀疑我不相信他讲的话吧，执拗地非要我过去看看制作土陶的全过程，感觉他像是个顽固主义者。

来到门前制作土陶的地方，阿卜杜热合曼·麦麦提敏站立旁边在不停地讲解，儿子却专注地现场操作，抓来泥土，不断审视，不断糅合，那泥土在他手里面感觉是那么有灵性、有脾气、有弹性，然后将泥土放在了专门制作土陶的转盘上，随着轮盘的快速转动，他的两手掌不停地粘接、削、刮、镂刻，细腻的黄胶土在转盘的飞速带动下，刚才还是一堆不成形的土泥，渐渐变成了一件朴素大方、独具地域特色、灵魂有味的精美艺术品，这是一个艺人幸福、快乐生活的时刻。

他说，过去我们用的都是老式转盘，人坐在上面，两个脚在下边踩踏，既费力又慢，现在好了，全部是采用电动机在带动，非常方便。泥坯做成后就要进行晾晒。说着，他指着前边一栋平房墙下正在晒的排排土坯泥罐说，嗯，就成那个样子。

顺着他指的方向望去，在一个平房的窗户下面，果然有一排一米多高的土陶罐，还没有进入窑里烧制上釉，一数共有六个，土黄色的外衣在阳光的照耀下，显得带着生活的温度，沉默着，挺立着，安详得如同雕像般的佛像，静静地岿然不动，唯有那光滑的土色表皮，像是刚从土地里冒出来的果实一样，纯净、平整，令人惊讶，大有种"不靠衣衫扶身价，唯依本质令人爱"的感觉。

我与那些成形的土坯罐对视，久久的，根本无法分清它们之间有什么差异，个头、胖瘦、光面如孪生兄弟，犹如正在等待要进入陶窑里脱胎换色的宝贝，即将要带给人们一种完美的品赏与享受。

院内共有三孔陶窑用来炼制土陶。我跟着他来到一个窑上边朝里边望了望，发现陶窑呈半圆形，有种像当地群众打馕的馕坑一样，上部有圆形的窑口，窑内有上下两层摆放陶器的台阶，每层约能放花瓶、碗一类陶器50多个不等，最下部是烧炉，中间有一个"通天通地"的通气孔，也就是烟囱，直接到达外部。他说，小窑烧小件陶器，大窑烧大一点的陶器，一般是在夏秋季节烧制，秋天每次烧制是15到20小时，夏天一般烧制7到8小时，每天下午点火。燃料只能用白杨树、柳树条，其他的燃料不能用，在烧制过程中，还要在不同时间里在窑变过程中加放一些釉色，这样，烧出的彩陶五彩缤纷。

"出窑"是最后一道工序。我在这里虽然没见过土陶出窑时的情景，但过去见过烧制砖块出窑的见闻，一想区别是不大的，眼前便立刻能想象着出窑时情景：窑门打开了，热流袭来，这是阿卜杜热合曼·麦麦提敏最兴奋的时候。那一件件经过浴火重生后的漂亮陶器，如呱呱坠地的婴儿一样，纷纷跳出窑外来到"人间"，靓丽的装饰和婀娜的身材，这是何等的美丽啊！奋斗者最光荣，自己用汗水创造的劳动成果是最快乐的。

阿卜杜热合曼·麦麦提敏还在滔滔不绝地讲着，感觉他今天特别兴奋，我只能听他任意地讲，不住地点头，送上微笑，用微笑换来他继续讲的动力。

2015年4月，阿卜杜热合曼·麦麦提敏到河南洛阳参加了国际非物质文化遗产传承人大会，开阔了眼界，增长了许多知识，来自国内外参展的人员听说他来自新疆南部的英吉沙县，带来如此精美的陶器，都纷纷抢购，讲到此事，他的脸上荡漾着如同"打了一场胜仗"后的喜悦。他停顿了一下说，现在最担心不是销路，而是给陶器上釉的铅粉、废铁渣、铜渣等颜料越来越少了，不好找到了，到过喀什、和田等地方找过，有时还要花很高的价钱买，就这样也少得多了，没有这些，土陶的色彩很难用其他的东西代替，也很难有新的创意。

在阿卜杜热合曼·麦麦提敏的陪同下，我来到了他的土陶展览室，进门一看，室内有五名游客在观看品鉴。两边靠墙的地方有个硕大的架子，上面摆放的各种各样的精品陶器，色泽艳丽，流光溢彩，耀眼照人。他指着这些展品说，这里有200多件展品，有碗、洗手壶、洗手盆、花瓶等，地下有一个纸箱子里装着满满当当的土黄色碗，准备一会儿到巴扎上去出售。他随手从架子上取出一款洗手壶给我介绍，这就是他的发明"专利"，别的地方的艺人做不成的。我接过洗手壶细细观察，只见壶把提用方便，整体无缝，色彩图案脱俗和谐，配以民族特色形状，美观和实用得以融洽地结合。郑板桥为茶壶提写的诗："嘴尖肚大耳偏高，才免饥寒便自豪，量小不堪容大物，两三寸水起波涛。"感觉形容这个洗手壶也是可以的。看着如此多的展品，我随便问起这些花瓶价钱是多少，他说，不一样，一百的也有，二百的也有，正说着，又进来了一批客人，问长问短，细细观看，看上了一个花瓶，讨价还价后210元成交。阿卜杜热合曼·麦麦提敏却笑笑说："原来生意不太好，从去年开始，山东济宁市援疆投资了三十万元，专门建设了一个土陶博物馆，主体完工了，室内也布置好了，现在这里成了文化旅游景点，夏季来的人多了，有各省市的，也有当地的。每年政府还给我补贴两万元，加上自己在出售一些，全年收入十二三万元没问题，没有政府的支持，我的土陶生意早就坚持不下去了，更不用说传下去。"

靠近门口的墙上，镶嵌着他这几年获得的许多大奖证书和被授予的各种荣誉证书，有参加2012年"文化遗产日"系列活动——新疆非物质文化遗产成果展；有2014年中国新疆国际旅游商品博览会荣获"文化传承奖"，还有很多自治区、喀什地区相关部门给予的奖项、证书等。每一个奖状或证书，都凝结着他的心血与汗水，也记录着他的一段往事。

一上午的时间很快过去了，告别了阿卜杜热合曼·麦麦提敏，走在往回返的路上，我一直在沉默思索着。眼下，当我们紧攥时代的航程，去实现富民强国的理想目标时，一切旧时的痕迹总在渐行渐远，重视发扬散落在民间的手工艺技艺，感受这些具有地域特色的传统工艺魅力，借以展示一个地方独特的人文气息，同样是打造旅游城市的重要内容，同样也是脱贫致富的一条渠道，也是一个地方相关部门的责任，这方面，英吉沙县应该说做了好多工作，特别是精心打造的古朴大气的土陶村，可以说，在全区也是首屈一指的典范，也是县上发展旅游的一张名片，相信，英吉沙县在这方面一定会做得更好，更上一层楼。

作者简介：李晓林，男，汉族。新疆作协理事、喀什地区作协主席。20世纪80年代初参军入伍，现自主择业。文章见于《解放军报》《新疆日报》《散文选刊》《绿洲》等军地各类报刊。出版个人作品集《戍边山韵》《缤纷帕米尔》。

古村回望

花　妮

在大多数人的眼里，英吉沙县托普鲁克乡穆孜鲁克村原始古村落，实在是太荒僻偏远了，它更像一个亘古不变的孤岛。

那些撂荒已久、破败的、呈土灰色的干打垒屋舍，早已被时光雕琢得泛着泥土自然的光泽。如同是它们自个儿从土地里生长出来的，正以自身老迈的残弱之躯，为这片贫瘠的土地默默坚守着。年年岁岁，岁岁年年，总有种被时光遗忘的荒凉感。

一

初春的一个清晨，牧羊人买买提像往常一样将屋北侧的羊圈门打开，随着手中的羊鞭甩出"啪啪啪"清脆的响声，一群黑色、白色的羊咩咩叫着鱼贯而出。

他一边尾随着羊群不紧不慢地往村道上走，一边使劲吸了几下自己高挺的鹰钩大鼻子，深深地嗅着这清新的早春的味儿。

院中间一棵含苞待放的杏树下，身穿深褐色棉布长裙的老伴，飘着一头银发，正勤奋地忙碌着。

六十多岁的买买提已经习惯于行走在这茫茫天地间，赶着自家数量不多的羊群，一言不发，默默地踽踽独行。他习惯于在行走间一遍遍梳理往事，偶尔回忆起一些逝去的亲人，咀嚼着自认为不算太苦的生活，也淡然地忍受着生活中时不时遭遇的种种缺憾。

春天是这里的风季，似乎隔几天就会刮一场大风。那风刮得啊！从早刮到晚。有时候一刮就十天半个月，简直刮得天昏地暗，日月无光。它们恣意地咆哮着，张牙舞爪得像一群失心疯的醉汉，挥舞着他们狂躁的拳脚，暴戾地四处踢踏，哪怕地上一个屎壳郎都不肯放过。假如哪个倒霉蛋正好放羊期间赶上一场沙尘暴天气，可就糟糕透顶了，简直能把人和羊都给掀到天上去。

在买买提的印象里，他遇到过最厉害的一次沙尘暴，至今想起来都后怕不已。那铺天盖地的沙尘刮到人和羊身上，就如同被蘸水的牛鞭子抽在身上似的，那个疼啊！

据他的爷爷讲，老早以前的穆孜鲁克村，是个民风淳朴、颇有些名气的大村子。可以说方圆几百里水草丰美，那些冰凉凉、蓝汪汪的冰山雪水，以及"汩汩汩"不停往外冒水的地下泉眼，汇成这里一望无际巨大的水泽福地。有水就有鱼，穆孜鲁克村从来就不缺鱼。还有，掩映在村庄内外茫茫无际的胡杨、红柳、沙枣树等，就在这水域与戈壁之间，洒脱地于清风中摇曳，棵棵高大的古杏树枝头挂满金灿灿的蜜果。真真是个遍地氤氲着瓜果香气、鱼美牛羊壮的好地方。世代生活在穆孜鲁克村的人们日子过得静谧而闲适。

可令人遗憾的是，买买提没有赶上这样的好光景。

不知从何时起，一些贪婪的人们开始疯狂地偷猎野生动物、砍伐树木、

英吉沙县穆孜鲁克湿地公园

采挖珍稀的中草药。他们一直幻想着，怎么在这片富饶的土地上一夜暴富，富到流油而绞尽脑汁。可人算不如天算，其结果却总是令人沮丧。人们惊奇地发现，远处的雪山逐渐淡出了目之所及的视线，清凌凌的河水也开始断流，最后竟然变成一洼一洼的浅水坑。那水坑也渐变渐小，小到细弱游丝，然后直接就变没了，成了一条条死河床。再后来就只剩下村庄右侧那片几亩地见方的芦苇洼了。

人们只能在芦苇洼边饮马、饮羊，尽量将距离村庄最近的水域留给牲畜，去下游离村较远的一个芦苇洼泉眼中去担水。人们开始意识到水的重要性，认真地将泉眼周围砌上一圈石墙，条件好点的家庭用骡马来驮水饮用。可是，就在人们打个盹的工夫，某一颗水珠就已经被沙土、盐碱吞噬了。各种树木在悄然死去，而那些死去的植被，不知哪天也会被风沙的双手连根拔起，用它们无形的脚携带着细细的泥沙，一步一步，跑到离穆孜鲁克村很远的地方去了。

如今，放眼望去，那一片片白花花的盐碱滩，滩上什么都没有，灰蒙蒙的。除了一条细瘦的像死蛇一般通往外界的土路，弯弯曲曲地伸展到无边无际的天边，就只剩下沧桑的浮尘在茫茫戈壁滩中东躲西藏。

在天天与浩瀚无垠的大戈壁打交道的买买提眼中，那些在盐碱滩上刚刚被风沙俘虏得寡言失色、新添了伤口、裸露在外的黑地皮，油黑油黑的，再也生长不出半分绿意了。偶尔有几丛芨芨草，斑驳的颜色看起来分外刺目。

买买提长叹一口气，忍不住想：人们对大自然所有的伤害，大自然必定会加倍还回来。

二

六岁的小姑娘，满头金色的小辫子，弯弯的长睫毛下，一双黑色的大眼睛明亮而纯净，看上去不带一丝儿的杂质。

每天早晨，阿依古丽起床做的第一件事，就是身着漂亮的艾德莱斯小花裙，带着自己心爱的小花狗，赶着一群鸭子蹚过几道粗粝的芨芨稞，走向村边不远处的芦苇洼。

这片芦苇洼，原是一望无际的芦苇湖。一到夏天，层层叠叠的芦苇们翻滚着它们长剑般的叶子，汇成一片绿色波涛的大海。这片大海散发着好闻的清香，清香中包裹着水的润泽，静静地酝酿着浓浓的生机。秋天里，起伏不断的芦苇泛着金色波浪，温情脉脉地摇曳在夕阳西下的余晖里。冬天，收割完芦苇的冰面像镜子一样光亮，张大眼，遥望着苍茫的天空。几片云、几缕风、几片飘落的雪花……有时，天空干脆光溜溜的，没有一丝儿痕迹。实在寂寞了，几声鸟鸣，直衬得天空更加空阔，更加孤寂。

如今的芦苇湖，明显水面变窄、变小，形成一个浓缩型的芦苇洼。早春的水洼边，依然是一些焦干的、蓬松的、尚未返青的蒿草。寂静的水洼里，枯黄色的芦苇茬裸露在水外有半乍多长。在阳光的普照下，随着水波的起伏，水面上闪着无数的金色光斑。一眨一眨，仿佛蓝汪汪的水里面藏着无数的宝石与珍珠玛瑙。不时，有鱼儿拽着亮晶晶的水珠子跃出水面，在空中划出一轮又一轮优美的弧线。

一靠近水洼边，鸭子们便"嘎嘎嘎"地叫着，一个个争抢着下到水中，欢快地向着深水区游去了。许多原本很悠闲地在觅食的长腿野鸟，一惊，哗啦啦飞到空中。转了几圈，见鸭子们没有要走的意思，就一只只拍着翅膀，重新又落回水面。一时间，混在一起的鸭子与野鸟，喧闹着，将整个芦苇洼很快变成了鸟儿的天堂。

阿依古丽感觉阳光很暖，湿润的空气很甜。

春天里的一切都让她感觉很欢欣。不久，各色不知名的野花就要开了，蜜蜂和蝴蝶就要回来了。

三

远离村庄的一个草滩上，一群散开的羊在吃草。这些从盐碱壳挣扎出的、毛茸茸的细嫩小草，正是羊儿们最喜欢吃的。

在空阔的天地间，原本只有这片被严寒酷暑轮番改造了无数遍的一派青草滩。

牧羊人买买提正躺在一个斜坡上。他眯缝着眼睛，跷着二郎腿，将穿着翻毛皮大衣的身子歪在松软的草地上，在懒洋洋地晒太阳。

初春的阳光，暖融融的，照得满世界一片祥和。

买买提独自伴着啃草的羊群，迎着缓缓移动着的暖阳，一寸一寸地消磨时间，尽情地享受着阳光的温暖。一个人，一群羊，无言相对，谁也不去惊扰谁，只有大自然蒸腾起一缕缕醉人的淡淡青草味。

生活就这么周而复始，那些或绿或蓝或粉的色彩始终依旧，还有这个沉默了太久的牧羊人。

买买提稍稍欠起慵懒的身子，从怀里摸出一个酒葫芦。一扬脖子，"咕咚咚"灌下几口烈酒。

这个枣红色泛着岁月光泽的酒葫芦，是他爷爷的爷爷传下来的，传到他手上不知过去多少个世纪了。

一种难以捕捉的思绪，从他的胸腔中慢慢飘浮起来。这是一种莫名的连他自己也未曾发觉的心绪。

如果没有烈酒，或是什么特殊的东西，来催发他内心里隐藏了许久的这道防线，就永远休想突破他作为一个男人所能释放出的那份随性，那份桀骜中最柔软的天性。

不觉之间，买买提在这烈酒火辣辣的、灵性的液体催动和包围中，满脸褶子的脸上现出层层梯田，梯田里装满了季节耕种、秋粮丰收时胜利者的笑容。

这种笑容，在城市街头是万万看不到的。

这种笑容，只属于原野。

这种笑容，是原野里最动人的风景。

他有点情不自禁了，竟然热切地用一种激昂的、野性的吼唱，来诉说自己憋闷太久的心事，倾倒自己的惆怅，同时卸下心灵的重荷。

歌声中，草滩如同注入了血液。

歌声中，万物仿佛都有了新内容。

歌声，尽情地向着遥远的天际传去。一直等到那歌声从飞中消逝。

买买提古铜色的脸上又一次露出最真实、最惬意的微笑。

这个孤独的老汉真的有些醉了。

四

阿依古丽踩着硝土上刚刚冒出一点新绿的碱草，脚步轻快地环顾着四周熟悉的景色。

一路的碱草，草叶叶上都挂着露珠，她的裤管很快就给打湿了。

阿依古丽从小就跟爷爷奶奶一起生活。

她年龄虽小，但很聪慧。由于父母忙于工作常年不在村里，她老早就学会了打理自己的事，微卷的头发被她梳得一丝不苟，小辫上扎着鲜艳的蝴蝶结，整天将自己拾掇得干干净净。

每天，她都有自己的事情要做。她会在放鸭子的间隙，提着小篮子，拾来好些干牛粪、干树根和早枯的杂草、芦苇叶等。她想捡很多很多，拿回家里存放起来。等她上学走后，奶奶再烧奶茶、做饭的时候就不愁没烧火的柴草了。

阿依古丽早就渴望着去上学。在她的小脑袋瓜里，时时就会升腾起这一美好的愿望。

这阵子，她总是忍不住痴痴地望向村头那条纤细的、唯一通往外界的土路。

马上就到学校开学的日子了。

早与爸爸说好，这几天就来接她去上学。

阿依古丽迫切希望，爸爸开着那辆黑色的甲壳虫，立刻就出现在她的眼前。

五

买买提一觉睡醒，羊儿还在草坡上静静地吃着草。

太阳已经西斜。

该回家了。

可他耳边老是充斥着梦境中儿子热合曼责怪的话语。

"达大，难道你认为，只有你们才对故乡怀有诚挚的真爱吗？"

"难道你想让我留在这个穷地方，一辈子像您一样，永远去放羊吗？别忘了，谁的人生经历都不容替代，人人都在努力生活。"

早在十多年前，穆孜鲁克村就被列入异地搬迁计划中。县委和政府为了让各族人民群众快速走上致富之路，在离英吉沙县城较近的一个乡镇，定点为村里村民盖起了新房子。新建的安居房交通便利、水电齐全、生活设施方便快捷。上面派了好几茬人，挨家挨户上门去做异地搬迁的思想工作。村里的许多人都走了。过一阵，又有许多人离开了，离开了就再也没有回来。

儿子热合曼不顾他的反对，硬是带着自己的媳妇搬去了新的安置点。

热合曼脑子活，听别人说种植蔬菜大棚能致富，他立刻跑去打听。一看人家走在前头的几个蔬菜大棚承包户，一年四季都可以出售反季节的新鲜蔬菜，收入可观，他立马来了精神。

热合曼带着媳妇儿，先把自家的十多亩地试着搞成蔬菜大棚，还买回好多专业的书籍认真学习，有不懂的地方向身边的专家们虚心请教。没出几年，他就从一个新手变成了种植大棚的能手。他还雇用了 10 多位贫困户在大棚里工作，经他手教出的徒弟，现在的大棚收入每年都在两三万元。热合曼原来连一辆毛驴车都买不起，如今住在公家分给的宽敞明亮且通了水、电、气的安居房里，出门有锃亮的私家车。两年前，媳妇儿又为他生下一个大胖儿子，可谓儿女双全，算是过上了与城里人一样的幸福生活。

儿子曾多次来接买买提过去一起住，他硬犟着没答应。买买提实在舍不得离开自己的故土，他怕一旦离开，面对再也回不去的家园，心中那份浓浓的乡愁将无处安放。

其实，买买提心里明白，儿子是多么不希望年迈的父母依然在这里受苦、受累。但他说服不了倔强的父亲，他很无奈，很无助，只能再次舍下 6 岁不到的女儿阿依古丽，带着无限的牵挂，无限的不舍与依恋，一步一回头、一步一叮咛地走了。

多少次，儿子都是笑着来、哭着走的。

买买提心里又何尝不明白，老伴儿那句："你在哪儿，我就留在哪儿，再苦我都陪着你。"这话的分量有多重！他们可是一辈子生死相依的伴侣啊！而她，又是多么好的一个女人。无论生活是怎样的艰难困苦，她都能默默地和他共同面对，共同承担，毫无怨言。

还有自己聪明可爱的小孙女阿依古丽。等她长大了，上完大学，也一定不会回到这片荒岛了。

年轻人总是这样，总是在举手投足之间，轻易地割舍了生他养他的故乡，选择新途。

他在心里一遍遍问自己。

什么是故乡？祖祖辈辈生活在这里，死了埋葬在这片土地里，那才是故乡。

难道他错了吗？

他轻轻地摇了摇头，无奈地叹息一声。

六

这片芦苇洼，对阿依古丽来说那么熟悉，那么亲切，这里收藏着她许多的幸福和快乐。

在她幼小的心灵里，从没觉得这里有多么苦。在这里，有疼爱她的爷爷奶奶，有芦苇洼，有牛，有羊，有小花狗，有数也数不清的、不知名字的花草与鸟虫相伴。

她会用芦苇叶一下子折出好多的小船，然后一一放入芦苇洼碧蓝的水中，看它们争先恐后地飘向远方。

有一次，她在放鸭子时，小花狗忽然跑过来。用嘴叼着她的小花裙，把她拽到一块浓密的芦苇丛中，竟然发现一窝绿莹莹的野鸟蛋。她们每天就藏在芦苇丛后面，悄悄观察两只羽毛美丽的大鸟轮流着孵蛋。终有一天，那一窝蛋，变成了几只挨挨挤挤一丝不挂的小雏鸟，她立刻高兴地与小花狗一起在芦苇荡里奔跑着撒欢。

还有，她实在舍不得离开爷爷奶奶。

但阿依古丽明白，上学读书有多么重要。从书本里，她能学到新知识，还能从那里面窥见许多从来都不知道的新鲜而博大的世界。

她发誓，一定要去好好读书。

七

此刻，买买提的双脚仿佛被村道上的泥土粘住了，仿佛有一种神秘的力量让他停下来。他索性将追随着羊群的双脚在一个高坡上立定，远远地，满怀深情地注视着面前这个飘着零星炊烟的老村。

夕阳正将村庄里土灰色的屋墙一点点染成金黄，牛、羊等牲畜已经归栏。村巷里几乎空无一人，只有几条狗，在懒散地溜达着。想必，依然留守的几户村人，正围坐在自家的饭桌旁，随意地闲谈着，心里一定有着许多对未来生活充满美好憧憬的向往。

曾经的穆孜鲁克村收藏着很多精彩的故事，只可惜大多数的院子早已撂荒了，炊烟再不曾从那些空寂的屋顶上飘起。

在他内心里，这是一个最温暖、朴素、平和、亲切的村庄。他打心眼里喜欢这里的一切，更有种对村庄深深的眷恋。

在渐浓的夜色中，他心里百感交集。好像有千言万语要对村庄说，还有什么事想向这个村庄交代。但一切又都是模模糊糊的，像石头一样沉沉地压在心头，说不清，道不明。

他常想，这辈子能够生活在这里，能够尽情享受到这里明媚的阳光和宁静的生活，已经是一种莫大的福气了。

他在心里笑了笑，望向天际，有归鸟的一片片小黑影迅疾掠过天幕，在静默的村落上空盘旋几圈，不知又落到哪里去了。

八

买买提走过村前的那片芦苇洼时，习惯性往村边立着的那棵老胡杨树下望过去。在他的潜意识里，原以为乖巧可爱的阿依古丽，依然同往常一样坐在大树下等他归家，然后像一只欢快的小羊羔一般扑向他的怀抱。但黑黝黝的树下没能看到那美丽的小身影，他心里竟有一丝丝空落感泛起。

阿依古丽是一个多么聪明、多么可爱、多么令人心疼的小孙女啊！买买提一想起这个令人疼爱的小孙女，心就软成了一汪春水。何况还有个只见过一面，长得胖乎乎、粉嫩粉嫩的小孙子，他们就这样在一场又一场风中，不知不觉间一天天在长大。

买买提不免在心里责备着自己，也许他实在不能太自私。无论如何，有生之年自己与老伴一定要陪在儿孙身旁，好好地过日子。

不知为什么，他此刻特别希望见到小孙女，甚至到了非常急切的程度，好像再看不到她，就永远见不到似的。

他加快了脚步。

只想立刻赶回到家里，宣布自己刚刚做出的一个重大决定……

———————————

作者简介：花妮，本名张春华。新疆维吾尔自治区作家协会会员、民间手工艺人。作品主要以诗歌、散文、小小说创作为主，在国内各报刊发表。2019年5月参加上海作协举办的第八期作家创意培训班。部分作品收录在《走进英吉沙》《新疆喀什当代散文精品选》等书中。

穆孜鲁克札记

东　妮

一

穆孜鲁克湿地公园位于新疆喀什地区英吉沙县托普鲁克乡辖区内，是喀什地区具有代表性的原生态湿地。景区大门由两重大小三角与两侧的正方体值班室手抄手组合而成，视觉上很有立体感。黑色的"穆孜鲁克湿地公园"牌匾像房梁一般架在大三角离地面三分之二处，分割出尖顶的小三角，小三角内设置了格子型窗棂，一眼望去，满满的意境。整个建筑组合体，远远看过去，如同一个等待着建筑工人抹灰砌墙码齐墙体，再上顶梁柱和铺设茅草的屋脊。给人一种挡风遮雨的温馨感，像极了古村落的牌楼。

牌楼，是中国传统建筑之一，最早见于周朝，在园林、寺观、宫苑和街道口均有建造，一般较为高大。从形式上看，穆孜鲁克湿地公园的牌楼属于冲天式，也叫柱出头式。顾名思义，这类牌楼的间柱是高出明楼楼顶的。因此，整个建筑物基座厚实，冲天的尖顶借力凸显，很有气势。

牌楼修建在景区，虽说是陪体建筑，边缘意识较强，但能给长途跋涉的人以无限希冀，有画龙点睛之意，是入住的序曲、出行的起点。

二

温馨的家园，浅浅的芦苇丛夹道而行，像极了列队道路两旁的仪仗队。柏油路对接去往苇塘的土路，斜坡状伸向低洼处的同时，把苇塘和一片莹润而绿油油的草滩分列两旁。松针状，细小而密集的草叶油亮亮、松软软地铺满整个地面。草滩似流动的河水蜿蜒前行，便觉这儿很像一条因地壳变动而自然形成的老河道。去往老河床的草甸边，有条狭窄的小路，折转处的高地上坐落着一两间平顶盐碱土垒砌的土房子，房门没有上锁。院门临近小路的墙边有个大馕坑，条件反射似的，烤馕的香味就填满了脑际。

烤馕是当地人家日常生活必备的食物，所以，馕坑给人的永远都是一种直观的烟火气息。

前方不远处有个孤零零的茅草屋，原以为是歇脚遮阳用的，近前才发现里面存放着一个废弃的水磨。这套古老的磨面粉工具，支架早已破损不堪，只有两片磨盘还保存在有落差的河道边，很有年代感。

水磨是中国民间用水力带动的石磨，由上下两扇磨盘、转轴、水轮盘、支架构成。下磨盘固定在转轴上，转轴另一端装有水轮盘，以水势冲转水轮盘，从而带动下磨盘的转动。上磨盘悬吊于支架之上的注斗，出粮口对着上扇磨的磨眼，粮食通过搅曲把（一种转动的工具）流入磨眼，随着磨盘搅动，面粉就会从上下磨盘对合缝处留下磨盘。磨盘多用石块制作，上下磨盘上刻有相反的螺旋纹，下磨盘借助水势转动，可以把小麦、杂粮磨碎成粉。我国古代劳动人民创造和发明了石磨，至今已有几千年的历史。能在此地看到废弃的石磨，就像看到了当年河水畅流，石磨飞转，注斗里源源不断滴落的粮食经过加工磨成面粉的场面。

时光浓缩的场景里，我仿佛看到一对老夫妻正在磨坊里紧张地忙碌着。老夫手举一个芦苇编制的簸箕正在往注斗里续添麦粒；磨盘旁一角的简易桌架上，放着一个大大的面板，老伴正在用细密的筛子对面粉进行精加工，案板上的面粉不断增厚，老妇人脸上的汗珠也开出了一朵朵白花。

沧海桑田，说出自己对老河床的初始印象，求证朋友的意见。不问则已，一问方知这里夏季雨水颇丰，此地为沟洼地，雨水在此汇集成河后，到了冬天遇冷结冰，就形成了一片冰川的地貌，被当地人称为"穆孜鲁克"，即"冰川"的意思，至于是不是老河道，至今无从考证。

三

河床深处草场较为宽展丰满，虽说此处的草场不能和大草原相提并论，但因其地理位置的和易性，可谓一方水土养一方人。据说居住在这里的人们，最初都是追逐水草而来的游牧民。祖先游牧至此，看中了这里的一片草场，才结庐在此，结束了居无定所的游牧生活。

蜿蜒的木栈道是新修建的，栈道两侧有几处木制凉亭，芦苇搭起的顶棚极具原始色彩，行走在叮当作响的木栈道上，看远处寸草不生的高地上，散落着的几处盐碱土块垒砌的房子，外形粗糙沉稳，淡定自落。牛羊散落在牧场中，穿行在三三两两的枯枝老树下，不紧不慢地低头啃噬新长出的草尖。视野之内的牧场，如一副安宁而祥和的田园图。凉亭边，千疮百孔的老树身上，主干被大自然的风刀削剪得残缺不全，却顽强地头顶一树青葱，见怪不怪地成了这个小村庄的见证者和守护者。

这里的羊群一点都不怕人，当人们坐在凉棚内休憩时，它们就成群结队地走过来了。有的伸长了脖子嗅嗅你手中的食物，有的则毫不客气地进到凉亭里自己找吃的，但好像很听得懂人话。

一只洁白的小羊羔，在不远处的草甸上，聚精会神地找吃的，短促的四只小腿，若隐若现地藏在毛茸茸、肥嘟嘟的身子下面，若不是一双肥大的耳朵不停地晃来动去，猛一看就是个大毛球。拿起相机横拍竖照，无论你怎么拍，那一双秀眼都若隐若现地藏在柔软的羊毛内。着急地前行几步，它又警觉地不给你近身的机会。

这么多肥美的羊群在跟前走来晃去，我们的谈话三句话不离羊肉。当说起哪只羊的肉质会更好时，那只前一秒还在伸长脖子从人手里要食物吃的棕色母羊，听到这句心怀叵测的话后，咩咩几声扭头就走，几只小羊大约是它的孩子吧，听到叫声，也紧跟其后地想走。急得我慌忙拿起鸡腿想把它们留住，人家理都不理。此举倒成了疆二、疆三代的笑料，说我拿着肉喂羊，真是一绝。你难道不知道羊是吃草的呀？真可谓一语惊醒梦中人，方才知晓惯常的思维方式，书本上的知识这回全还给老师了。但头羊效应，在这里则体现得淋漓尽致。

顺着狭窄的河道继续往前走，跨过一个水流洋洋的小渠沟后，不承想脚下的草滩内居然隐藏着细小的泉眼。无论你脚落到哪儿，哪儿都溢出一层浅浅的水来。这块草滩不仅水草丰满，还稀稀落落地长着一些新生代芦苇，只是不见羊群。莫名的一阵心慌，电影里沼泽地的镜头闪过。我忍不住心虚地说了句："不会是沼泽吧？"

英吉沙县穆孜鲁克湿地公园

关键时刻，还是草原站的朋友见多识广，一边解释说不会的，一边试探着走到我们前面带路，方才安心渡到前面的边坡处。站在几棵枝叶丰满的胡杨树下休憩，不免又猜度起一对连体却反向生长的两棵沙枣树来。大千世界，无奇不有，这两棵躺着生存的沙枣树，很接地气。枝体粗细相等，枝叶接天连地，一看便知是孪生。是大自然强行把他们分离，还是在严酷的自然环境里，它们只有各持一边，才更容易成活呢？总之，其形态沧桑又具有顽强的生命力。

忽见一只灰白相间的小山羊，高耸着两只犄角从我们来时的路上急慌慌跑来，边跑边焦躁地咩咩大叫。瞧它一副慌慌张张、脚步散乱的样子，就知道它是贪玩掉队的。正不知怎么去帮它时，前方的芦苇边缘处传来了羊妈妈高亢有力的应答声。听到妈妈声音的小羊羔，脚步瞬间慢了下来，声音也由急慌变得绵柔细长，慢悠悠地朝着叫声的方向去了。

"哎！又多了一个调皮而不守规矩的小家伙，这次该长点记性了吧？"我从小羊羔走去的方向慢慢收回目光，突然发现朋友们也都如释重负般舒出一口长气。寂静的几秒钟里，你看看我，我看看你，心照不宣地笑出声来。

四

　　青青牧场顺着小渠沟右拐，进入密集的芦苇荡。我们则选择柏油路旁边的木栈道继续前行。虽说身旁的芦苇满溢着整个眼帘，但身材细小，不成遮阴，热辣辣的太阳照在脸上，很是不适。顺手扯下几穗芦苇握在手里遮阳，瞬间便有了丝丝凉意。微风抚动的丝状穗蕊和苇片，弥漫出淡淡的草香味，让人的心情倏忽间变得柔软。木栈道舒弯曼转，清晰地黏附着绿色的苇荡执着往前延伸，像极了飞向远方的黄色缎带。接天连地的芦苇浩繁无边。笔直的苇秆根根不枝不蔓，不折不弯，不媚不俗，韧劲十足，令人叹服。忽然想起法国作家帕斯卡尔说过的一句话："人是一棵会思想的芦苇……"

　　细想也是，你说芦苇脆弱，它虽纤细却中规中矩，韧性十足。你说它遇风雨摇曳生情，低头轻松，沉思快乐，然它美而不妖的个性，可用飒爽英姿来形容。怪不得融入其中，人的心情也会随着轻轻摇动的苇穗游荡，有一种"轻纱漫卷千层浪，一波未平一波涨"的万千气象。原来它早被文人墨客灌注了思想，如"蒹葭苍苍，白露为霜，所谓伊人，在水一方"一般，具有悠远的意境。

　　蓝蓝的天空白云点点，四野风清气爽，130万平方米的湿地，芦苇占据着绝大部分领地。融入其中，便觉这里是个能放空自己，什么都可以想、什么都可以不想的好去处。

　　苇荡如果生长在水边，其密集扎堆的样子和高大的身形，适合于远观。戈壁滩上的芦苇则不然，一定是有雨的季节才会生长，没水的时候就全凭地下坚固的根系锁住水分和一身的韧劲了。因此，眼前的芦苇都七八十厘米的样子，如谦谦君子，适合于同行相伴。

五

　　路在脚下，突然有一方水域横在了眼前。深蓝色的湖水如镜面一般光洁，深陷在地表之下，像极了一颗颗硕大的蓝宝石。我们从悬崖峭壁般的陡坡上，顺着行走的痕迹小心翼翼地滑到临水边。左侧边坡茅草丛生，和来时的芦苇打成片。右侧茂密的芦苇荡紧拥着水面繁衍，一个个绿洲似的小岛，把湖水切割成几个部分，便自然生长出一条蜿蜒的水路，伸向纵深处。蔚蓝色的湖水和深绿色的芦苇交织在一起，色泽比天空更加莹润。都说湖是天的镜子，沙漠的眼，星星沐浴的乐园。多么高远而厚重的陪伴，人为悦己者容，士为悦己者死。天高地阔，万物皆有灵韵。

湖边不远处搁浅着一艘黄澄澄的小船，大有一种来者不拒、愿者上钩的架势。但就眼前的现状来说，能上去坐坐都需要很大的勇气。因为崖台上除了一辆电瓶车和简易的凉棚架上挂着一个电话牌外，再也找不到其他的人。不了解湖内的环境，又都是不会水的旱鸭子，便有一种方圆五百米没人烟，不为自己找麻烦的警觉性。到底不再年轻，岁月已磨去了年轻时的那股子蛮劲。但依然在水中看到了自己多年前初学划船时的影子。

忽见一条小船从斜阳里由远及近，波光粼粼的船头上，站立着一位帅气高挑的小伙子。见有人在湖边，他远远地主动招呼："小心呀，湖里水深，没有工作人员陪伴不能划船哦。"

我大声问："这水一直通向哪儿?"

"英吉沙呀。"小伙子一句幽默的话惹得大家哈哈一乐，渐渐靠近岸边后他又说，"这水嘛，就从你们来时的牧场边有水的地方一点点流过来的，日积月累，就形成了湖泊。水道越往深处走越窄，不熟悉环境的人，不能往里面去。这里水面宽阔，湖水深处没有牵绊，平时划船的人比较多，是安全的。只是今天景区交代了特殊的任务，我嘛，不能陪你们划船了。"小伙子说话的同时，已经利落地将船靠岸。但见他弯腰从船篷里拎出来几条大大的草鱼，友好地说，"走吧，一起爬上去，到别处转转吧，这里能去的地方很多。"

"这水里有鱼，是淡水?"

"不仅有鱼、野鸭、水鸡，还有很多叫不上名字来的水鸟，傍晚来，你能看到它们成群结队归巢的影子，还有百鸟啁啾集体大合唱，美妙极了。"

从地形上看，这个湖泊属于构造湖，构造湖一般都是由于地壳运动，地面上出现深大谷地，积水之后形成的。湖水的来源首先是雨水在地面低洼处汇集后，恰如春风化雨，水流潺潺而来。汇聚在此的水，一定是流动的。再看看顺水流而去的丛丛高大的芦苇，便觉这水的流向，按惯例一定是向北向东而去。

想到此，我又急匆匆问了问蹬上电瓶车的小伙子："这个湖叫什么名字？""还没有，在等有缘人。""问那么多，你来一个。"朋友忍不住说。"好呀，穆孜鲁克，是冰川的意思，那我就叫它冰川湖吧。"

六

日头偏西，返程在即。前来接送我们的兼职司机友好地问："想不想参加当地农民的婚礼？就在前面那三棵胡杨树下。"

看山跑死马，看树也猜不出远近，就问："到那里大约要走多久？"

"一二十分钟吧，看看再走，不留遗憾。"

同行一程，方知脚下的路和木栈道都是山东省援疆指挥部及对接地级市分批次出资修建的。引进来、走出去的对接方式，充分体现了要致富先修路的治理策略。在这个与世隔绝了很久的世外桃源里，道路的畅通，才是最大的实惠。

远远飘来隐约的锣鼓声和唢呐声，其欢悦的节奏让区间车加快了速度的同时，也让我们清晰地看清楚了三棵树的位置。二比一的分居方式，两棵在左，像是母子。另一棵在右，相距四五十米的样子。让人费解的是，独居的这棵胡杨树不仅粗壮，且枝干固执地向着左前方生长，一副不达目的不罢休的样子。树的前后是一个方圆几亩地的草滩，除低矮的草坪和远处密集的芦苇外，唯这三棵树痴情相望，被当地人尊称为胡杨绝唱，唱相互守望的三棵树能在空中牵手，唱人间真情永远不离不弃，更唱出人们对美好生活的无限向往。

婚礼现场就地取材，淳朴的自然风光没有一点斧凿之痕，天设地就的红草滩，像一块硕大的红地毯，给婚礼增光添彩。喜气洋洋的歌舞之声，随着四周明暗不一的青纱帐此起彼伏。

因为是野外，洁白的布单只能摆放在大红地毯上，上面摆满了喜糖、葡萄干、杏子、大枣、花生和糕点等，主人用烤馕、抓饭和羊肉招待客人。就地取材烤制的羊肉串，香溢四野。

有朋自远方来，不亦乐乎。这家的主人是位耄耋老人，花白的胡须，眼不花背不驼，身板硬朗，其精气神很是饱满。此人豪爽热情，待客真诚大方，彬彬有礼。旁边有几位驻村干部也参与其中，相约我们席地而坐，其中一位领导模样的人主动告诉我们说："这是老人重孙的婚礼，时下倡导婚事新办，野外聚餐，空间大，气场足，集体参与更有意思。"划船的小伙子也在，经介绍，方知他念完大学后，目前在景区工作。

宾客们边吃边谈，异常兴奋。小伙子们更是情不自禁地弹起"都塔尔"引吭高歌，跳起欢乐的舞蹈。青年男女，在手鼓和热瓦甫的伴奏下，踩着鼓点，合着乐曲，跳起传统的刀郎舞，在场的人也都纷纷参加。

手鼓、架子鼓，鼓鼓振奋人心；唢呐、艾捷克、热瓦普，弦弦音律入耳。年轻人舞步欢快，天真活泼的孩子们也激动地一个个手舞足蹈。新郎新娘在大家的邀请下，步入会场。着一身婚纱的妙龄新娘轻举舞步，巧转腰肢，被新郎热烈的舞姿牵引，环环相扣，满面羞涩。

如火如荼的夕阳晕染着西天的云彩，烧红了半个天际。湿地的晚霞纯粹、静谧。而欢乐的人群，在夕阳的映衬下，更加热情奔放，歌舞飞扬。火球似的夕阳，圆圆的脸盘静静地立在芦苇穗上，遥遥地看着沸腾的人群，久久不肯下山，似恋恋不舍离去的客人。

这次婚礼，景区工作人员大力协助，区间车负责接送客人，并监管周围环境的卫生情况，确保景区整洁有序，散场撤离后不留杂物。村子里的十几户人家，老老少少全在。原来，我们能来参加这场婚礼，也是驻村领导专门安排邀请的。

景区的农户，至今依然延续着放牧为生的主旋律，虽然何时来此居住没有记载，但很多人家已经在这里繁衍生息，生活了四五代人。前几年，政府动员他们搬迁到生活条件更好一些的地方居住，但大部分人都舍不得走。故土难离，祖祖辈辈已经居住了几代人了，有感情呢。

如今赶上了富民兴农的好政策，当地政府依托湿地特色优势，推进生态文明、农家乐、民俗风、生态游于一体的创新模式，群力群策整合区域服务项目，打响了一张美丽新农村建设增收致富的新名片。当地人不仅放牧牛羊，还就地取材把优质芦苇编成苇席运送到市场上销售，日子越过越红火。如今的适龄儿童都能上学读书，能说一口流利的普通话。很多年轻人都成了景区工作人员。

傍晚时分，再次路过宁静的宝石蓝湖区时，湖水里晚霞生辉，明艳靓丽的芦苇更加摇曳生姿。车子过往的瞬间，倦鸟归林的嬉闹声不绝于耳。此情此景让我想起几行过目难忘的诗句："夕阳无限好，只是近黄昏……"

如果田园生活是一首诗，每次旅途归来都是一首歌。穆孜鲁克，我愿与您共享一首"听闻远方有你"。

作者简介：东妮，本名肖学珍，山东寿光人。西部散文学会会员，新疆作家协会会员，喀什地区作家协会秘书长，第八期毛泽东文学院学员。文章发表在《西部》《西部散文选刊》《叶尔羌报》《帕米尔》《喀什日报》等报刊。作品入选 2017—2019 乌鲁木齐《天山文萃》散文卷。

火中的灵魂

蒋小林

　　一把小刀，傲然挺立在大漠深处，数百年来，走过风雨，走过沧桑，走过沉浮，小刀仍在岁月中熠熠生辉，它惊艳了时光，丰富了岁月。那独具的魅力，定格在了大漠深处，让英吉沙这座塞外边城有了小刀的故事、小刀的历史、小刀的文化、小刀的内涵、小刀的传说。

　　走进英吉沙县，从昆仑山脉吹来的风颇具脾性，尽管已是仲春，吹在脸上仍带着昆仑雪山的问候。走进街道，仿佛走进了一个小刀王国，琳琅满目的小刀在商铺里述说自己浴火淬炼的传奇。这个南疆县城，因生产不同凡响的小刀聚焦天下人的目

英吉沙小刀制作过程

光，因小刀悠远的历史让人们记住了英吉沙，只要一想到小刀，人们自然会想到英吉沙县。英吉沙这个名字，因小刀结缘，因小刀闪亮，因小刀充满生机与活力，因小刀名震四方。

　　解读英吉沙县的历史，其实就是一部饱经沧桑的岁月史。它饱经沧桑的岁月史，让小刀和达瓦孜做了代言。英吉沙，在维吾尔语中意为"新城"。清

乾隆年间《西域图志》载："作英噶萨尔，自古就是叶尔羌河与喀什噶尔间的重镇，乾隆二十四年（1759）平定大、小和卓木判乱后，定名英吉沙尔。"只要一提到大漠边塞英吉沙县，人们自然会把它和一把把精美绝伦的小刀联系在一起。小刀，成了英吉沙县一张闪亮的名片，让天下人知晓。在沉寂的时光中，英吉沙县是注脚也是主角。英吉沙制造的小刀的历史至今已跨越了四百多年，积淀了厚重的文化，每一把小刀，风格各异，做工考究，工艺别具，选料精良，造型美观，纹饰秀丽，蕴含着浓郁的民族风格。

一把小刀，浓缩了一段生活的历程，凝聚成岁月的写真，它倾注了锻刀师的情与爱、酸与甜、喜与悲。那生动别具的凤尾式、百灵鸟式、黄鹂鸟式、红嘴山鸦式、龙泉剑式、兽角式造型生动，个性鲜明。一把小刀，既是人们生活必备的用品，又有它深厚的文化内涵和较高的艺术欣赏价值。

英吉沙的小刀，从选材到成型，凝聚了锻刀师无数的心血。选材的考究，缔造了刀的品质。英吉沙的小刀，选用的优质弹簧钢板锻打，钢板融入烈火，仿佛自己的梦想开始起航，炼得通红的钢板从熊熊燃烧的炉中钳了出来，锻刀师浑身的肌肉和力量都拧在一起，一锤一锤地打，粗、细、扁、圆，红得透亮的炉火旺得激情澎湃，钢板在烈焰中如天女散花有着别样的灿烂，风箱拉出的风声让烈焰直冲，炉中的钢板瞬间膨胀了起来，放肆了起来。锻刀师脸映得发亮，他看准火候，快速钳出，用铁锤和汗水拉开了锻刀的序幕，铛铛铛的铁锤声响彻在铸刀房，一锤一锤地落下，好钢配好火，好火配好水，钢与火相生相克，钢在熔炉中由白变红、由红变亮、由钝变锐，在锻刀师一锤一锤的力道中变薄、变软，最后脱胎换骨，一块块愚钝的钢，有了锐气，有了霸气，有了朝气。最后经过锉刀锉平，磨光、淬火、瞬间，刀刃雪白锋利，吹毛断发削铁如泥，用手轻轻一扣清脆悦耳，刀气纵横。一把把小刀便在锻刀师手里有形有魂有模样了。

锻刀就像做人，一把好刀，钢在烈火中受的锻铸愈深，它的力量愈韧；受的淬浸愈冷，它的意志愈坚；受的磨砺越细，它的锋刃愈利。英吉沙的小刀，户户有工艺，家家有精品。锻制小刀，考手艺，重火候。每一把小刀，都有锻刀师一段故事、一份情感、一份艰辛。小刀上雕刻出的直、方、圆、齿等三角形图案,体现了锻刀师的匠心独运。有的小刀,锻刀师在刀柄上用红绿点缀,小刀有了色彩,更加光鲜。有些名贵的刀,锻刀师别出心裁,制作精美,在刀柄上用黄铜、白银、玉料、骨石等镶嵌拼花铆钉,组合成外观艳丽、两侧对称的图案。那一刻,英吉沙的小刀在时光中贵了身份、有了名气,让天下人仰慕。那一把把弯式、直式、箭式、鸽式、月形、葫芦形、巴旦花形、太阳形呈现在大众视野。锻刀师充分发挥自己的想象,把对宇宙自然一景一物、一草一木的热爱融入制刀的技术中。有的刀柄,锻刀师充分运用现代元素,用有机玻璃和塑料薄板来装饰,让英吉沙的小刀既古典又时尚,既美观又大方。

好刀当然配好鞘,一块牛皮或者羊皮的刀鞘戳压成朴素的花纹,染成暗西洋红,玫瑰色、褐色、橙色、黑色。雪亮锋利的小刀放在刀鞘中仿佛有了归宿,在色彩缤纷的刀鞘中有了归家的感觉。刀是英吉沙汉子的雄风,刀不离鞘,人不离刀。腰间有刀,英吉沙男人便有了生活,有了雄风,有了力量,有了象征。英吉沙的锻刀师有着钢的精神、刀的灵魂,锻刀将自己的灵魂融为一体,生生不息,代代相传。

追溯英吉沙小刀的历史,那动人的故事有着英勇的传说。相传,英吉沙水草丰盈,牛羊肥壮。人们在这片丰饶的土地上安居乐业,生活富足。突然有一天,天空漆黑如墨,大雨倾盆,狂风怒号,遍地飞沙走石。从沙漠深处钻出一个体形壮如牛,张着血盆大口会吞云吐雾、喷沙吐风的妖魔。刹那间,山川消失了,河流干涸了,村庄淹没在滚滚黄沙中,一望无际绿茵的草原变成了沙漠,成天黄沙飞卷,人们失去了家园,流离失所无家可归。为了保卫自己的家园,人们纷纷拿起棍棒石块与妖魔搏斗,一回回拼命的搏杀,凡夫俗子哪里是妖魔的对手,刹那间,全都败下阵来,血流成河,死伤无数。妖魔占领了沙漠,百姓过着生不如死的生活。

阿斯尔和阿凡尔是一对孪生兄弟,他们的父母都死在妖魔手中,兄弟俩历经千辛万苦逃到喀拉克山一山洞躲藏起来才幸免于难,看着被妖魔占领的家园,想着惨死在妖魔手中的亲人,阿斯尔和阿凡尔心在滴血,报仇心切的兄弟俩做梦都在与妖魔厮杀,为父母报仇,为家园而战。梦醒了,兄弟俩失声痛哭仰天长叹，叹自己空有一副好皮囊，没有一身好功夫，时时把这笔血海深仇牢记在心。

一天，兄弟俩在一狼群中救下一只受伤的小梅花鹿。抱回洞中精心照料，阿斯尔四处扯草药为小鹿治伤。一月后，这只受伤的小鹿伤势痊愈。一天清晨，山洞里云雾缭绕金光闪烁，刚睁开眼的阿凡尔急忙摇醒熟睡中的哥哥。阿斯尔睁开眼，不由得大吃一惊，但见那只小鹿在金光中渐渐地长大，变成了一只体形硕壮两边有翅膀的梅花鹿并开口说话，它告诉阿斯尔和阿凡尔，它本

英吉沙小刀制作过程

是昆仑雪山艾斯的坐骑，一日下山寻主不幸被妖魔所伤，又遭遇狼群的攻击，感谢兄弟俩的救命之恩，并要报答兄弟二人。一听说所救的梅花鹿是昆仑雪山刀神艾斯的坐骑，阿斯尔和阿凡尔激动不已，向梅花鹿述说了自己的亲人和乡亲惨死在妖魔的毒手，求梅花鹿带上他兄弟二人上昆仑雪山拜刀神艾斯为师，为父母乡亲报仇，夺回自己的家园。梅花鹿沉思了一会儿，终于答应兄弟二人，驮上二人向昆仑雪峰飞去。

阿斯尔和阿凡尔在神鹿的帮助下，见到了刀神艾斯，双双跪在了艾斯身旁，求艾斯收他们为徒，传授法术，为父母报仇。但无论阿斯尔和阿凡尔怎么哀求，艾斯断然拒绝，并把兄弟二人轰出了门。苦苦哀求无果，阿斯尔和阿凡尔心意已决，仍跪在艾斯门外不肯离去，一直跪了九天九夜，最后，双双昏倒在艾斯门外。待阿斯尔和阿凡尔醒来时，已躺在艾斯床上，阿斯尔和

阿凡尔又要下跪，被艾斯阻止，兄弟二人泪眼滂沱，苦苦哀求，艾斯长叹了一口气，最后神情凝重坚定地问道："你兄弟二人真要拜我为师？哪怕舍去性命也在所不惜？"阿斯尔和阿凡尔坚定地点点头。艾斯神情凝重："你们既然愿意拜在我门下，请随我来！"阿斯尔和阿凡尔喜极而泣，急忙翻身下床跟随在艾斯身后。两人随艾斯来到锻刀炉前，锻刀炉火焰冲天，幽蓝的火苗滋滋作响。艾斯望着炉火，吹了一口仙气，一块玄冰飞到了他手里。他用手一指，手中的玄冰眨眼间变成了一块玄铁。艾斯望着阿斯尔和阿凡尔心情沉重地说道："你们想战胜占领你们家园的妖魔，为父母乡亲报仇，必须要用我手中的玄铁锻铸一把小刀，要想小刀威力无比打败妖魔，必须要用你兄弟任何一人的血肉之躯锻刀。这也是我不收你兄弟二人为徒的主要原因，何去何从好好想清楚。"艾斯的话刚出口，阿凡尔猛然从哥哥的身后闪了出来，喊了一声："哥哥！一定要为父母报仇，为乡亲报仇，重建家园！"说完，纵身一跃，跳进了熊熊燃烧的锻刀炉中，艾斯手中的玄铁嗖的一声随阿凡尔的身体飞进了烈焰中。看着阿凡尔纵身跳进了锻刀炉，阿斯尔悲天恸地失声痛哭。阿凡尔用他的魂魄锻铸成了阿斯尔手中斩妖除魔的宝刀。一年以后，阿斯尔终于跟刀神艾斯学得一身功夫，阿斯尔报仇心切，拜别了刀神艾斯回到了家乡，在神鹿的帮助下悄悄地把乡亲安置妥当。阿斯尔骑着神鹿向妖魔老巢飞去，他在妖魔的洞口破口大骂，妖魔气急败坏地钻出洞来，嗖的一声腾在了半空，张开血盆大口又要喷沙吐石。一道金光一闪，阿斯尔和妖魔厮打在一起，阿斯尔从腰间拔出宝刀挥舞着刺向妖魔，当妖魔哇哇大叫狰狞地扑向阿斯尔时，阿斯尔手中的宝刀刀柄闪烁着五颜六色的光芒，光芒瞬间汇聚在一起聚合成一束束威力无比的光剑，刺向魔怪眼、鼻、嘴、耳、胸膛，魔怪刹那间七窍流血，一声惨叫从半空中跌落气绝身亡。原来，这刀柄闪烁出的五颜六色的光是兄弟阿凡尔魂魄所化，从此，英吉沙人便把珍珠、宝石镶嵌到小刀的刀柄上，一是来吓退妖魔，二是来纪念英雄的阿凡尔和阿斯尔。

魔怪消灭了，阿斯尔的家乡山又青了，草又绿了，花又开了，人又笑了，阳光幸福的生活又回来了。英吉沙人对小刀更加钟爱。阿斯尔和阿凡尔的英雄故事和传说构成了英吉沙小刀的前世今生。

一把英吉沙小刀，成了国家级非物质文化遗产，在沧桑的岁月中，英吉沙小刀那深远的文化内涵成了故事，成了历史，成了传说。

作者简介：蒋小林，四川省大竹县人。有文字常见于《达州日报》《达州晚报》《达州新报》《德阳日报》《贺州日报》《华西都市报》《龙门阵》《巴山文学》《沱江文学》《散文选刊》等报刊。曾获得抒写巴征文三等奖，《达州晚报》征文三等奖，首届川渝农民工征文大赛优秀奖，四川省直工委、四川省乡村振兴局、方志四川联合举办的"温暖回响，四川故事汇"征文一等奖，"多彩泽普，水乡胡杨"征文三等奖。著有长篇小说《上古恋神魔情缘》签约纵横中文网。长篇小说《卢家沟的春天》2020年被四川省作家协会文学扶贫"万千百十"活动作为重点扶持签约作品。

正是杏花盛开时

徐明卉

四月，杏花盛开的时节。满树都是粉红的杏花，站在远处看，一片一片的粉红漫山遍野，这是英吉沙一年中最美的季节。推动农村经济发展，这些年英吉沙的乡村游持续火爆，吸引了四面八方的游客，不仅有本地人，更有远道来的游客，他们都是冲着英吉沙的杏花美景来的。

我还是从一个朋友那里知道英吉沙的英吉沙杏的。她是山东济宁人，上大学时和我一个宿舍，我们很是投缘。她老公是援疆干部，主要从事农业技术指导，对口支援新疆喀什地区的英吉沙县，主要工作是在乡村普及最新农业技术。他跟朋友交流时，经常说到英吉沙的英吉沙杏。朋友和我聊天时当"二传手"，再把这些事告诉我。一来二去我知道了英吉沙是古代丝绸之路的重要驿站，是南疆八大重镇之一；知道了英吉沙是著名的"中国小刀之乡""中国色买提杏之乡""中国达瓦孜之乡"；知道了高空王子阿迪力的故乡是英吉沙。本来对英吉沙一无所知，竟然在朋友潜移默化下开始对英吉沙感兴趣。闲暇时会想，那是一个什么样的地方呢？

2019年春节，朋友送给我一盒果脯，是英吉沙杏做的，真是好吃，吊起了我的胃口。果脯都如此好吃，新鲜的英吉沙杏更不用说了。英吉沙作为色买提杏之乡，拥有丰富的杏资源，种植英吉沙杏有四百多年的历史，由冰山雪水百年孕育的英吉沙杏外表润滑无毛，皮薄透亮，果实金黄，个大肉厚，柔软多汁，甜蜜可口，有"冰山玉珠"的美誉，是中国国家地理标志产品，被誉为"中国第一杏"。于是，我产生了去英吉沙旅游的念头，俗话说"百闻不如一见"。山东省为了更好地支援新疆，开通旅游援疆包机，机票还有优惠。真是天遂我愿，和朋友一起赶在杏花节前到达英吉沙。

之前听朋友说，英吉沙为了助力农民脱贫致富，大力推广林果业，尤以英吉沙杏为重，种植面积已有 17 余万亩，还在不断扩展中。英吉沙县这几年大力开展以英吉沙杏为特色的旅游项目，开展以观杏花、采杏为内容的

英吉沙县杏花节

旅游活动，深受游客青睐。每年三月底到四月，是杏花盛开的季节。县委、县政府举办的杏花节引来八方客人。来这里不仅能赏花观景，更能把和当地各族人民共享欢乐节日作为独特的旅游享受，在其他地方很难有这种体验。

杏花节开幕式简朴而热烈。喀什地区的领导及英吉沙县委、县政府的领导出席开幕式，欢迎远道而来的客人。还有头戴花环、身披纱裙、手提花篮的"杏花仙子"在开幕式上进行表演。据说，这些"杏花仙子"是通过层层选拔才脱颖而出的，可谓"过五关斩六将"。她们徐徐开启"杏韵花开"花蕾，将寓意幸福的杏花花瓣洒下的时候，现场观众沸腾了。英吉沙向四面八方发出邀请，向世界展示英吉沙的妩媚动人。

开幕式后，有令人激动又十分紧张的"达瓦孜"表演。作为"达瓦孜之乡"，英吉沙县培养了一代又一代"达瓦孜"艺人，为英吉沙赢得了荣誉。"达瓦孜"专指高空走绳，在这里已经有半年的历史。英吉沙的"达瓦孜"不但在西北名声在外，在全国也影响很大，它让更多的人通过"达瓦孜"知道了英吉沙，了解了英吉沙。我看着演员在空中走绳上进行表演，紧张得心都要跳出来了。他们表现的不仅仅是一种技巧，更是一种力量和胆量，有的是十几岁的孩子，令人刮目相看。"达瓦孜"表演深受观众的喜爱，掌声伴随喝彩声不断响起，那是发自内心的赞叹！

杏花节吸引了四面八方游客的目光。杏花盛开的季节，到英吉沙来旅游的人越来越多。我在杏花园里看到了好几拨扛着照相机的摄影人，一看设备

就是专业级的。因为自己从事新闻工作，上前与他们攀谈，得知他们是被邀请来的。英吉沙县政府为更好地对外推介本地丰富的旅游资源，特组织山东和新疆两地多名摄影家参加杏花节，从事采风摄影创作。面对美景，摄影师的眼睛仿佛都不够用了，不停地抓拍，相机快门声响成一片。

"你看，这种镜头在咱们山东是拍不到的！"一个从济南来的摄影师一边拍摄一边说。我顺着镜头方向看去，原来是几个本地姑娘穿着民族服装在翩翩起舞，旁边还有人打着拍子，唱着我听不懂的维吾尔族民歌。作为游客自发地载歌载舞，也只能在新疆见到，这样的镜头在山东是捕捉不到的……一个从浙江来的游客连声说："没想到杏花开放会这么震撼，明年我要带着全家来参加英吉沙的杏花节。"

回到山东后，我对英吉沙杏花节的这次摄影活动还真关注了。组织单位从中精选了六十多位山东和新疆两地的摄影家一百二十多幅作品，在山东进行巡展。这些摄影作品形象、生动、真实地展示了英吉沙县的自然风光、民族风情、城乡面貌和山东的援疆事业。主流媒体对这次英吉沙县风情巡展进行了广泛报道，不但加强了山东、新疆两地文化交流，也让越来越多的社会各界人士关注英吉沙，走进英吉沙。有观众在留言簿上写道："没想到英吉沙如此美丽，我想去旅游，我想去赏杏花……"

杏花园里到处都是熙熙攘攘的人群，欢歌笑语，留影拍照。满枝杏花，引来蜜蜂盘旋枝头。层层叠叠的粉红杏花下，一阵裹挟着花香的春风荡过，落英缤纷。粉红的花瓣四处飘落，宛如一只只曼舞的蝴蝶。色彩在这里得到最佳的搭配，枝头片片粉红，地上麦苗碧绿，不时有穿着五颜六色服装的游客在其中点缀，构成了一幅百看不厌的春景图。这是只有英吉沙才有的美丽图画，只有英吉沙的杏花园才有如此和谐的景象……

经营农家乐的艾力提早已摆开茶桌，招待远方来的游客。大家围坐在桌子四周。艾力提拿着彩色土陶壶一边给游客倒茶一边喜滋滋地告诉大家，这杏花茶是他家近年来做的一种带有浓浓特色风味的茶。在茶中配以刚刚绽蕾的杏花，适当放一点香料，沸水冲泡后，粉红的杏花和淡绿的茶叶一起绽放在杯中，赏心悦目。还不等端起茶杯，淡淡的茶香早就沁人心脾，令人不由得想起古人的咏茶诗句"粉红杏花金叶动，袅袅玉箫随风来"。古人没想到他们畅想的杏花配香茗的情景会在英吉沙的乡村出现吧？

艾力提家种英吉沙杏，一年卖杏可以赚一两万元。以前英吉沙杏卖不上价钱，宣传力度不够，知名度也不高。后来政府加大投入，对发展杏业重新定位，英吉沙杏不但销路越来越好，价格也水涨船高。政府不断推出惠农政策调动了果农的积极性，果农投入也多了，花费的功夫也大了，他和村里的十多家贫困户依靠英吉沙杏脱贫了。说到这里，他脸上笑开一朵花，那是发自心底的幸福和满足。

杏花盛开的时候吸引了许多游客，游客欣赏完美景再品尝农家乐的美食，一举两得。游客饮过杏花茶，赞不绝口。艾力提告诉我们："现在是杏花节，只能看不能尝。到六月份杏子熟了的时候举办采摘节，那时你们再来吧！杏子那个甜啊，保你一辈子忘不了！"他不是说大话，英吉沙杏给了他足够的底气。城市居民到杏园采摘，为果农增加收入，自己也在大自然中愉悦身心，陶冶情操。英吉沙县因地制宜多措并举，出台优惠政策吸引投资，引进先进的管理，果业越做越红火……

每年英吉沙杏丰收的季节，县里都要举办杏子比赛。参加比赛的果农精心挑选自家生产的最大最好的英吉沙杏，不仅仅为了拿到名次，更想展示自己的劳动成果。虽然获得奖励的只有少数人，但这不影响参赛果农的心情和积极性。"参与就是提高，看看人家的杏子为什么比自己的好，会找到改进的方向，学习先进的育果经验，比得奖更有意义。"艾力提这样说，让我感受到一个普通果农的情怀。那种奋发上进的精神，一定会促使他更上一层楼。从艾力提身上，会感受到英吉沙人一种可贵的变化。不是小富即安，他们的目光放得更远，有更高的目标和追求。这是最难能可贵的。这里的种杏人，一定会走出英吉沙，开拓一片新天地！

对于未来，艾力提充满信心。只要解放思想，做大做强农果业，坚持走科学发展之路，发展前景十分光明。要向先进的果园农场学习，不能拘泥于一家一户的小杏园，要有大杏园的概念。艾力提挠着头说，自己已经有了联合更多农户把事业做大的想法。游客们为他鼓掌，这是新时代的英吉沙果农，胸怀更宽阔，眼光更高远。英吉沙林果业的发展之路一定会越走越宽广，市场一定会越来越大。

当地为了方便游客观赏杏花，在杏花园里搭建观景台。从楼梯登上观景台，四面的杏花尽收眼底。放眼望去，漫野都是粉红的杏花，开得恣意灿烂，像一片片粉红的云霞，又像花的云海。一阵风吹来，花涛起伏，一波接着一波涌来，游客好像站在一条杏花拥簇的船上，眼前的杏花海让人心旷神怡。这是英吉沙的杏花海，这是令人心醉的英吉沙杏花海……

――――――――――――

作者简介：徐明卉，山东省作家协会会员，山东省电影家协会会员。在《啄木鸟》《山东文学》《小说月刊》等发表文学作品多篇。《老壶》获中央人民广播电台农村微型广播剧征文一等奖（录制播出）；《养猪姑娘》《难逃惩罚》获浙江省电影文学"凤凰奖"二、三等奖（两届）；《代养》《谜底》获"东丽杯"梁斌小说奖一、三等奖（两届）；散文《鼓声悠悠》《仰望历史深处的背影》获山东省作家协会征文优秀奖（两届）；《真诚忏悔》获第六届台湾新月文学奖。

在那杏花盛开的地方

李 菲

　　"入夜渐微凉，繁花落地成霜，你在远方眺望，耗尽所有暮光，不思量自难相忘。夭夭桃花凉，前世你怎舍下，这一海心茫茫，还故作不痛不痒不牵强，都是假象。凉凉夜色为你思念成河，化作春泥呵护着我。浅浅岁月拂满爱人袖，片片芳菲如水流……"听到这入心入脑、磁性悦耳、满带伤感的曲调，很多人的脑海都会情不自禁地浮现出唯美浪漫、制作精良的仙侠剧《三生三世十里桃花》的精彩画面。前几年它迅速火爆大江南北，一下子俘获众多影迷内心的同时，我相信很多人不单单是为了剧情所沉迷其中，也带有为那如梦似幻美得不像话的十里桃林里的良辰美景所沉醉吧？

　　我想每个人的心里面或多或少都会有一个不真切的浪漫情节，都会为美丽的事物所着迷、所吸引，毕竟爱美之心人皆有之嘛。仙侠剧所构设的唯美浪漫、如梦似幻的十里桃花毕竟不是真实的存在，只是让我们大饱眼福，留下一个美好的念想而已。而

英吉沙县杏花

今，我在这里隆重向大家推荐一个可以与十里桃林相媲美的绝美圣地——新疆英吉沙县，它处于广袤的新疆西南边陲，这里有17余万亩的杏花，每年三

四月份就开始倾情怒放，开得是那么静谧安详，又是那么热情奔放，宛如人间仙境。春风十里不如你，这里是一片花的海洋，深深浅浅的杏花都赶趟似的，你不让我，我不让你，纷纷使出了自己的看家本事和浑身解数，经过了一年的酝酿和等待，专等着在这几天纷纷展示出自己所有的美丽和芳华，令过往的行人和专门远道而来欣赏的游人一睹芳容，一看倾人城，二看倾人国，乐不思蜀，悠哉乐哉！

英吉沙是古代丝绸之路的驿站，南疆八大重镇之一。英吉沙县是集农、林、牧为一体的农业县，林果也是重点发展的特色优势产业，属农业部确定的全国七大优质商品杏基地之一，英吉沙杏是这里的主要产业。这里气候干燥，昼夜温差大，降水少，蒸发大，日照时间长，属于温带大陆性干旱气候，农副土特产丰富，主要盛产被誉为"冰山玉珠"、个大皮薄、鲜肉多汁的英吉沙杏，这里被称为"中国色买提杏之乡"。这里的杏干、杏仁等特别便宜好吃，吃过之后绝对会让你回味无穷，还想再来吃个够。在英吉沙有这样一个奇特的自然景观，麦田里生长着杏树，杏林间种着麦苗，居住在这里的人们已经见怪不怪了。果树林中套种粮食，证明这里土地的珍贵，这也是我国农科人员成功实践、一举两得的典型案例。这里不但有树龄不是很大的成片杏林，造型奇特，千姿百态，给人一种美的感受；也有不少树龄一百多年的老杏树，高高的枝干，虬枝嶙峋，都以一种昂扬向上的姿态尽力地伸向天际，尽情地在广袤无垠的土地上展示一种大无畏的生命姿态和旺盛的生命力。这里的人们非常勤劳，春分节气一过，便集聚在麦田里套种果树苗。别看树苗小，若干年后又将是果木成林的"摇钱树"。

春回大地，万物复苏，春意萌动，欣欣向荣。春天，是英吉沙最漂亮的时节，这里将成为一个"浪漫之都"。每年春天的三四月份，在英吉沙那杏花盛开的地方，十里杏林有大片大片的杏花在竞相绽放，绽花吐蕊，招蜂引蝶，一派生机勃勃、热闹非凡的景象。"杏花一簇开无主，可爱深红爱浅红。"浅粉色的，深粉色的，月白色的，粉的似霞，白的似雪，一朵朵，一簇簇，一棵棵，一树树，高高低低、深深浅浅、左左右右、前前后后，极目所触之处满眼看到的都是欣喜和美丽，令人目不暇接、流连忘返。若你在高处极目远眺，一朵朵或大或小、形状各异的粉红色的彩云，或者一堆堆洁白无瑕的或近或远的白色云彩，仿佛来到了《三生三世十里桃花》的原景地，那层层叠叠、绵延不断的粉红色和月白色灌满了我们的双眼，宛若人在画中游，仿佛来到一个如梦似幻的仙境，会让你顿生在天上瑶池游历的感觉，此景只应天上有，好似神仙来下凡。成群的蜜蜂、蝴蝶也来赶热闹，"嗡嗡嘤嘤"地在花间采蜜嬉戏，乱花渐欲迷人眼，只把新疆作仙境。树上满眼看到的是纷纷攘攘、温柔浪漫的粉红杏花，地下皆是碧绿清脆的麦苗，一垄垄，一畦畦，上上下下，俯首皆是怡人养眼的美景，粉绿交相辉映，顿时让人把所有的烦恼和忧愁都抛到九霄云外，留下的唯有令人心旷神怡、神清气爽的粉红和碧绿。杏花与桃花极为相似，它不像牡丹、芍药开得那么富贵典雅、美丽妖娆，却是那么美丽清新，令人沉醉。杏花开的时间比桃花略早一些，千百年来就有赞美它的众多精美诗句："去年涧水今亦流，去年杏花今又拆。山人归来问是谁，还是去年行春客。"（韦应物《因省风俗，访道士侔不见，题壁》）"苏溪亭上草漫漫，谁倚东风十二阑。燕子不归春事晚，一汀烟雨杏花寒。"（戴叔伦《苏溪亭》）"一夜繁花关不住，晨风淡雅色成林。老牛未见青青草，入眼春来一片心。"（天翔《杏花》）我还很喜欢这首有关杏花的诗词《满庭芳思君》："身伴闲云，心随野鹤，山居其乐融融。东篱吟醉，犹记旧初衷。小院杏香四溢。不负那，缱绻春风。双飞蝶，嫣然妩媚，弄影在花中。多情人怅望，青衫依旧，伫立桥东。绪飘远，征帆点点朦胧。此忆何堪倾诉，闲愁付，天上霓虹。经年梦，君归可否，同看杜鹃红。"

"二月春风点翠芽，山居新绿拢烟沙。满坡杏雨徐徐下，半作轻云到我家。"二月春风到，杏花始娇俏。那一年杏花微雨，《甄嬛传》里的嬛嬛在荡秋千的间隙碰见了皇上，开启了一段又恨又虐的清宫爱恨情仇的故事。那一年杏花微雨，失魂落魄的杜牧碰见了一个放牛的小牧童，由此写下了流传千古的名诗佳句："清明时节雨纷纷，路上行人欲断魂。借问酒家何处有，牧童遥指杏花村。"那一年桃花微雨，住惯了十里桃林的白浅被折颜带到昆仑山跟随墨渊拜师学艺，开启了一段惊心动魄、荡气回肠的爱情故事。都说新疆英吉沙是个好地方，那里不仅有别具一格的人文风情，盛产闻名遐迩的英吉沙杏，不仅有"屋头初日杏花繁"的绝美景色，还有国家级非物质文化遗产——英吉沙土陶、英吉沙小刀，以及优美舒畅的歌舞表演。"春光明媚柳牙黄，万点胭脂吐郁香。彩蝶多情翩旋舞，杏园赏花笑声扬。"在欣赏杏花之余，体验一把土陶制作，感受非遗魅力，仿佛一泓清泉浸润着每一位游客的心田。都说新疆盛产美女，现在娱乐圈大名鼎鼎的迪丽热巴、佟丽娅、古力娜扎等明星美女都是来自新疆，高鼻深目，五官立体，有着与众不同的美。杏花的花语是娇羞和疑惑，象征着纯洁美好的爱情。杏花代表着"幸"花，寓意为幸福和美好，象征着幸福美满、和和睦睦、相亲相爱。如果你的心里还冒着粉红色的泡泡，想来一次出其不意的偶遇与邂逅，期待制造出一个浪漫动人的爱情故事，那就来一次说走就走的旅行吧，英吉沙绝对不会辜负你的一番美意。

英吉沙的杏花不但好看，而且英吉沙杏的果肉、杏干、杏仁也很好吃，益处多多。每年在六月中旬左右，英吉沙杏就成熟了。宛若小灯笼般的深深浅浅的黄色杏子骄傲地挂在枝头，向众人招手示意来展现它的鲜美与可口，令人垂涎欲滴。杏子的功效和作用是促进食欲、润肺定喘、美容养颜。杏子中富含丰富的有机酸，且味道酸甜可口，可促进唾液的分泌，有效促进食欲。杏子的性质温和，味道酸甜，其成分被人体吸收后能对呼吸神经中枢起到镇定作用，故而能够止咳平喘。英吉沙杏富含多种维生素以及酚类物质，维生素和酚类物质进入体内后都具有抗氧化作用，可清除体内的自由基，减缓细胞衰老进程，有利于面部肌肤的养护，具有一定的美容养颜功效。杏仁的功效那就更强大了，还是一味中药呢。杏仁含有丰富的蛋白质、微量元素和维生素，能起到润肺、止咳、滑肠的作用，能有效缓解干咳无痰、肺虚久咳等病症。所以，你还在等什么？还在犹豫什么？赶紧来英吉沙一睹芳颜、大快朵颐吧！

20世纪80年代蒋大为的一曲《在那桃花盛开的地方》一时广为流传，无人不知，无人不晓。在这里我要顺便撷取其中的歌词，对其稍做修改，来表达我心中的澎湃与畅想："在那杏花盛开的地方，有我可爱的英吉沙。杏树倒映在明净的水面，杏林环抱着秀丽的村庄，啊！英吉沙！多么美丽的地方。无论我在哪里工作生活，总是把你深情地向往。在那杏花盛开的地方，有我迷人的英吉沙。杏园荡漾着孩子们的笑声，杏花映红了姑娘的脸庞。啊！英吉沙！终生难忘的地方。为了你的景色更加美好，我愿驻守在风雪的边疆。

啊！英吉沙！终生难忘的地方，为了欣赏你的绝美容颜，我愿一次次向你飞翔……"春来了，雪化了，草绿了，花开了，来一次浪漫自由的西部之旅吧。英吉沙在敞开怀抱欢迎大家的到来！

作者简介：李菲，山东省散文学会会员，烟台作家协会会员，烟台散文学会会员，烟台散文微刊编委。作品散见于《齐鲁晚报》《烟台日报》《烟台晚报》《作家导刊》《烟台散文微刊》《长春湖微刊》《学习强国》等。在2020年国际诗歌网第三届当代散文精选300篇大赛中，所写的《风吹麦浪》获得三等奖。在2021年烟台统战部建党百年征文活动中，所写的《故乡的路》获得三等奖。

在英吉沙，我沿着那些变迁追寻时光里的幸福

胡庆军

英吉沙是个好地方。英吉沙，不仅仅是中国新疆版图上一个美丽而神秘的地方；英吉沙，不仅仅始于一些非遗文化的传承；英吉沙，是一个想一想都会心花怒放的地方。

英吉沙的许多故事在岁月里风干，如同最干练的神话。回望，那些细微的变化里也记载了岁月的荣光，来自四面八方的人与这片土地上的兄弟姐妹一起建设了这片传奇的土地，又让更多人对这里有了无尽的遐想。

名扬四海的达瓦孜艺术、驰名中外的英吉沙小刀、独具匠心的英吉沙土陶、绚丽夺目的模戳印花布……在新疆喀什地区英吉沙县，我沿着那些变迁追寻时光里的幸福，体会国家级非物质文化遗产凝聚着的英吉沙人的智慧和热情。

这里是著名的"中国小刀之乡""中国色买提杏之乡""中国达瓦孜之乡"，是古代陆地丝绸之路的驿站，南疆八大重镇之一。风吹拂四季，英吉沙的故事和岁月有关，秀美的土地上，美好的追求覆盖了这片热土，融入了人心中的是那一段段寂静的文字。如今，英吉沙把一些形象的坐标刻进我们的每一个日子，那些情节让那些光阴汇聚。

英吉沙，在维吾尔语中意为"新城"。这里自古就是叶尔羌与喀什间的重镇，清代设军台于此，乾隆二十四年（1759）平定大、小和卓木叛乱后，定名英吉沙尔。

英吉沙的故事在很多年前就已经写下序言，那些故事记载了风雨，那些念念不忘的情怀，扩写成委婉或者激昂的章节。如果可以，就让那些章节里加入有关生命的描述，就让那些有故事的人演绎这些章节，就让那些没有故

事的人走进这些章节。

岁月模糊了英吉沙的容颜，历史增添了英吉沙的光彩。英吉沙的故事，分集点缀在英吉沙的风景里。英吉沙的故事，精彩在英吉沙人的日子里。四季被收藏进了有着自己个性的那些建筑，英吉沙的四季诠释了风景这边独好。这些年，这片土地上的人们把这里的生态画卷成就在新疆的天生丽质里，如同把一个个靓丽的仙子写进英吉沙历史悠久的传说。

英吉沙因盛产小刀而闻名，英吉沙小刀有 400 余年的历史。英吉沙小刀造型别致、制作精美、刀刃锋利，具有极高的艺术欣赏价值，是新疆最具民族特色的手工艺品之一，2008 年被列入国家级非物质文化遗产名录，如今，英吉沙小刀在匠人们数百年如一日的打磨中名扬四海。关于英吉沙小刀的来历有两种说法，一则是相传古时候，英吉沙土地贫瘠，人民生活困苦不堪，皇帝决定施泽于此，于是就赐一位能工巧匠打造小刀，以造福后世。此后，英吉沙慢慢富了起来，成为一座新城。另一则是传说古代英吉沙城南小镇卡尔窝西，有一位毕生锻造小刀的匠人名叫买买提，他制作的一种雕刻有红、绿、黑等颜色的木柄小刀，锋利、美观，农家纷纷盘炉仿制，从而世代相传，随后工匠们各出心裁，制作出各种造型的小刀，并在刀柄上用黄铜、白银、牛角、贝壳等镶嵌，并雕刻富有民族特色的图案。英吉沙小刀手艺从此兴盛开来。

在以前，佩戴小刀主要用于生产，而现在英吉沙小刀除了实用以外，还成为一种精美的装饰品，拜访亲朋好友，都不失其引人之处。

如果说，英吉沙小刀是刚性的，那么英吉沙模戳印花布技艺则是柔性的，那是一种特有的印花布织染技艺，其历史悠久、别具匠心、古朴素雅，深受疆内外艺术界、收藏家和游客的喜爱。模戳印花布既美观实用，又具有很高的研究、收藏和艺术审美价值，2008 年被列入第一批国家级非物质文化遗产名录。模戳印花布以手工织造的白布为底料，采用凸版模戳进行印制。印染所用的木质模具往往采用梨木手工雕刻而成，其大小视图案的大小而定。染料采用核桃皮、赭石等植物质和矿物质合成，以保持其不褪色。模戳印花布最初用作墙围、窗帘等，随着旅游业发展，已衍生出诸多用途。

在英吉沙，日子是如此洁净，像梦中的天使，温暖而单纯，波纹是她悠闲的梦境，在赞美清澈的同时，浓缩成甜蜜的幸福细细地回味。这片土地上的人们是这片土地历史和文化的创造者、守护人，目光尽头，那些人、那些事远远地、悠悠地掠过视线，如同目光里被浸泡的时空，那些有关英吉沙和英吉沙的文化的故事，沿着光阴的方向，浓缩成一个个小小的音符。

回眸的微笑淹没成记忆里的风情，将我带到这个遥远的地方，那些故事在历史的舞台上一场接一场上演，让一种温暖潜入内心，一种虔诚在思绪的边缘，此刻，我该如何书写，如何让那些英吉沙的风土人情舒展在自然与自然之间，让心中升起最初的感动。

那些诗歌在耳边回绕，谁的召唤让人想起曾经的样子，那些鲜活的词汇覆盖了历史的尘埃，经年的往事深锁在梦的深处，我把一些关于收获的记忆植于血液，对着那些记忆，我们按动阳光的键盘。

历史的痕迹或浓或淡，都让峻秀的风光美丽我们的想象，在交汇的目光中凝结，化作千古的浩瀚，是谁拉住了风的衣衫，有关英吉沙的传说让所有的暗香弥漫幸福的滋味。可以触摸到的所有一切，都能感悟四季的禅，三维构建的画卷点缀着或远或近的记忆碎片散落在一个个小小角落里的文字，跳过一个阶段然后又进入另一个新的阶段。

日子很长，中间填充了英吉沙的变迁和英吉沙的故事。呼吸一口英吉沙的空气，就可以遥想一朵云、一片天之间的荡气回肠，遥想历史的扉页上让我们刻进所有的温度，顺着时间的脉络，我们追溯。光阴里，英吉沙的那些变化里融进了多少人的汗水，走进英吉沙，就可以给自己心灵一次洗涤，让生命听一次赞歌，有关简洁和朴素的印记，让多少光阴覆盖上了快乐和幸福。

在英吉沙，可以放开胸怀、放开歌喉，酣畅淋漓地尽情歌唱。走过或者居住，这片土地让不同的风姿呈现最广阔的想象，脚步叠加在某些印记之外，这里的阳光很暖很柔。

美丽的英吉沙在远方、在心里。静下心就可以触摸到你的心跳，就可以聆听到英吉沙人用双手建设家乡的故事。谁在泼墨，让一个西部小城的梦在一个大舞台上演；谁在泼墨，让大漠里也有了崭新的风尚；谁叫醒了那些大街小巷，去赴一场一场魅力家园的约会。那些远去的背影，早已经搁浅在了美丽的历史风物中，淘洗了岁月的沧桑。

挥挥手，那些历史刻进生命，让英吉沙的浓郁风情和美丽就定格成这里的每张笑脸，或许可以看见岁月的足迹，那些回旋在历史深处的侧影，沉淀成时代的风景，把某些快乐聚拢或分散。

谁在感受历史，谁在触摸真实。搜索记忆，在岁月的长河上英吉沙情意绵绵，天空碧蓝，白云如絮，只为所有的柔情升腾成建设者的汗水。

就让历史上最为完美的那些句点延伸在斑驳的日子里，就让那些醉人而美妙的民歌沿着蜿蜒的痕迹依然飘荡。阳光下倾注了生命的创意，在季节的边缘，英吉沙把变迁的痕迹融进那一枚枚的色彩，点缀于季节之上，打造成最绚丽的梦想，在这片苍茫的土地上，装订书卷里的熏陶和回味，成为心与心之间交织的愿望。凹凸的风，沿历史的脊背跌落深谷，跌落在你的面前。安放所有的血鲜活了的灵魂，英吉沙人在日子里温馨而美丽，在风情中变成了一抹圣洁的花绽放。

那些故事，演绎成英吉沙发展的脚步。岁月划过经年，让最初的影子遗留在如洗的月色中。被风吹过的痕迹，让那些往事能够剪下一段段时光分享。这些年，拼搏、自强不息的英吉沙人把英吉沙建设得如诗如画，用汗水和勤劳在这片土地上建设起来了一座美丽的城市。

这些年，英吉沙的变化不是可以用语言描绘出来的，在英吉沙，那些记忆，或许就是最初的色彩，站在明处或者暗处之间，有那么一刹那，我就隐身在英吉沙的那些故事里面了。在英吉沙，谁把那些故事揉进了生活，我们却找不到合适的语句描绘我们的心情和这里的美丽。历史每天见证英吉沙那些唯美的故事，可以扯下一片蓝天白云做纸，可以摘下一片绿色做笔，可以写下所有的心情，让英吉沙的风做书童，让英吉沙的幸福做线装订。把那些光阴汇聚成一条宽阔的河，踏着英吉沙四季的色彩，所有的喧嚣，仿佛都与这里无关，英吉沙人就这样诗一样写意地生活着。目光里，蹁跹的思绪随风起伏，此刻，我们的脚步无论如何也丈量不出英吉沙那些历史，风情绵延着，英吉沙在午后的阳光中柔情似水。

花开也好，花落也好，英吉沙就这样在光阴的故事里鲜活着。历史的味道充满了英吉沙的细节，在语言之外，一幅非凡的大写意图布置在开阔的景与情的版图上。于是，一首一首大气的进行曲就吟诵在英吉沙的点滴框架里，在记忆和记忆之间，能够抵达日子的深处。

————————————

作者简介：胡庆军，笔名北友，1969 年 12 月出生，河北黄骅人。《天津诗人》副总编，主任记者职称。曾出任多家刊物、网站编委、副总编、总编。作品被收入 100 余种文学选本。

芳菲胜地，诗情画意

——英吉沙县杏花园观赏小记

徐景春

　　我一向对美丽迷人的新疆维吾尔自治区充满了憧憬之情，这里不仅有浩瀚的沙漠、雄伟的高山、绚丽多彩的绿洲景观，而且还有颇富特色的人文风情，大地茫茫，青山隐隐，花团锦簇，山水迷人，尤其是占尽交通之便、风光之胜的英吉沙县更是魅力独具。去年春天，我有幸邂逅英吉沙县漫山遍野的杏花园，在一方如诗如画的芳菲胜地中，我真的沉醉了……

　　我平生对杏花虽说是不陌生的，但是也没有过多的熟悉。毕竟，我的故乡不是种植杏树的最佳之地。有一两株零星的杏树，也只是长在田间地头，形不成气候，且疏于管理，在人们折过杏花之后，往往结不出让人满意的杏子，

英吉沙县杏花园

杏树全年都给人一种枝残叶败的印象。每每在杏花盛开之时，我的心情颇为兴奋，但是当花期一过，看着枝断叶落的杏树，又不免神情落寞，郁郁寡欢了。我时常暗自寻思：美丽的杏树和杏花啊，哪里才是她的乐土呢？

　　春四月里，我和朋友一起到英吉沙县杏花园旅游。"啊呀，啊呀！我看到真正的杏花啦！真的是让人叹为观止了！……"朋友一边说着，一边伸出手

来划着圈儿说，眼前的杏花一望无垠，绵绵不绝，真是一片杏花的海洋，一个杏花的世界！南疆地势高亢，日照充足，气候颇适宜于发展林果业，对于种植杏树可谓得天独厚、历史悠久，属农业部确定的全国七大优质商品杏基地之一。英吉沙杏个大皮薄、鲜肉多汁，有"冰山玉珠"之美称。

得天时地利之便，高天厚土是硕大的背景，于青山绿水中，片片杏林，绵延开来，远远望去，很有层次和立体感的杏花林带灼灼争艳；近观细听，蜂儿嗡鸣，春天的韵律拨动着游人的心弦，对于一个有意踏春、赏春的游子来说，那感觉绝对是新鲜和震撼的了。

在我的传统意念里，杏花，应该是艳丽迷人的。诸如古诗所写的那样，"晓带轻烟间杏花，晚凝深翠拂平沙""小楼一夜听春雨，深巷明朝卖杏花""风吹梅蕊闹，雨红杏花香"……都是那样浪漫、温馨和艳美。生长杏花的地方不一定是刻意精选的园林之地，但绝对是一片净土，唯有净土，才会让艳丽的杏花没有俗气。听导游小姐姐介绍，英吉沙杏园，是塔里木盆地西缘的一块难得的肥沃之地，土壤深厚，绵延之地，地势开阔，沙原土质易于果树生长，气候适宜，于英吉沙县一带形成了颇负盛名的欣赏杏花的胜地，得益于这种"冰山玉珠"杏子的特产，让英吉沙县声名远播了。

在英吉沙杏园观赏，一刹那间，对杏花有了诸多的感悟：杏花，是一首诗，开在中国古典的诗词里；杏花，是一幅画，开在画家的翰墨丹青里；杏花，是春天的讯号，传达着春天的讯息；杏花，是甜蜜的源泉，奉献出丰硕的果实。杏花，来自亘古的艳丽之花；杏花，足以承载起美好的希冀！

听导游小姐姐介绍说，英吉沙县是古代丝绸之路上的一处著名驿站，交通是十分便利的。近年来，每年举办的杏花节，不仅仅为当地的杏子打开了市场，还为当地土陶、小刀、模戳印花布及农民的手工作品等打开了市场，实现了文旅业的强劲发展。游客来杏花园景区游玩，就离不了吃和住，游客也会顺便捎带些农副产品回去，无形之中就是对乡村振兴的促进啊！以前没有举办杏花节之前，当地村民在农业上除了种植粮食作物之外，很少有什么经济收入。现在好了，杏花节举办起来了，英吉沙围绕杏花做文章，围绕杏子做文章，拉长了产业链条，也让村民在举办杏花节的实际过程中收获了很多，头脑思路打开了，也敢于向前闯了……所有这些改变都可以说是新生事物。由于勇于进取，英吉沙的乡民们的幸福生活才会像杏花绽放一样，艳丽迷人，璀璨生辉的啊！

况且，近年来，英吉沙县人民政府大力实施乡村振兴战略，结合当地物产资源和交通之优势，创新发展，着力打造成了林果业、商贸业和物流业等重点项目，文旅业更是开展得如火如荼。这里的天地辽阔，山溪潺潺，青山迢迢，蓝天白云，清风拂面，整个英吉沙大地犹似一个浩大的园林苑囿。杏花盛开，花香沁人肺腑，更为壮观的是，相连成片的杏林，竞相绽放，大地浮动着一片杏花的云海，杏花的诗情画意，让人间其他的诗与画逊色了。毕竟，她们是鲜活的生命的奇观，她们有青春的容颜！

四月春光明媚，气候宜人，风光如画。亲临英吉沙杏园，真是一种美妙的体验啊。游客络绎不绝，观赏杏花，观看具有独特风情的艺术表演，欣赏书画家们现场挥毫泼墨、立就华章的风采！在美好的氛围里，和几位文友谈文论道，着实惬意无比，诗趣盎然。有杏花的地方，就充溢着诗意，杏花之盛的地方，就是情爱的生发之地，斯地秀美，是不缺乏情和爱的！美丽和情爱永远是相伴而生的！

置身于如此盛大的杏花林中，无以言表的意境和氛围与身边的杏花风景多么自然而和谐啊。美好的事物，无论是什么年代，都会让人感受到美的缤纷多彩、美的诗情画意。

我们徜徉在英吉沙县广袤而绚丽的杏花园景区，犹如在梦境中一般，在这一片犹似人间幻境的地方，我与心目中倾慕的杏花约会了。鲜艳的杏花攒起了艳丽的云朵，在大地之上游徙，时而贴着地面，时而飞向空中，于大地之上增光添彩，于秀水之中倒映出花团锦簇的倩影；"嗡嗡"飞鸣的金蜂，鸣奏出悦耳动听的曲子……待杏子成熟时，全国各地的客商都会云集此地，品评的美食家也会来的——英吉沙于平静中震颤着脉动，一个杏子的盛会又要隆重登场了！

我在英吉沙县杏园景区游赏的日子很短暂，然而，她却以一种超凡之美、精彩之艳、温馨之芳，将我彻底地征服了！有朝一日，我还必将会再与这里的绚丽杏花相约的，还会欣赏她那如诗如画的美丽姿容，重温那与杏花相关的美好故事，以及那甜蜜而忧伤的"杏花艳遇"呀……啊，多彩英吉沙，大美新疆，真的令人乐而忘返、无比陶醉啊！

——————————

　　作者简介：徐景春，现为山东商报社驻济宁记者站责任编辑，济宁市作家协会会员，作品多次荣获国家、省和市级文学奖。

英吉沙，如四个走失的"名词"

——记在英吉沙县生活的六年

默 风

在英吉沙，需要一个机缘，也需要勇气克服这里的一切。这里的风、雨、山、沙、植物、河流、人情，会在你不经意间，就随时间浸入你的骨髓，经年累月形成了特有的生活习惯和思维方式。这些差异，既是我对以往人生的补充，也是对这片土地不断发展的认知和修正。

之一：沙漠

一个"沙"字在我的记忆里，不是先从字典那儿看到的，而是在这样的环境下深深体会到沙的性格，更准确地说，是对尘埃的感觉。

那时我才几岁，在低矮昏暗的土屋里，一缕阳光透过破旧的窗投进来，我惊异地发现，在阳光中漂浮着数不清的细小的东西。我叫来了母亲，母亲说："这是灰尘，到处都是这玩意儿，恼人得很。"我却为自己的发现兴奋不已，追随着光线，看这些轻浮的东西究竟飘到哪儿去，一个苍茫无边而博大的灰尘世界，在我小小的脑海里展开。

后来长大些了，我开始怀疑我当初的判断，甚至想离它远一点。我害怕碰到它，怕它玷污我的姿容，我是多么的小心。可母亲却因为我的毛病唠叨起来，嘴里经常念叨着："你个兔崽子，现在还害怕脏了，想想小时候你经常滚在沙堆里的情景，真像个土娃娃。"我被母亲的话怔住了，我有什么理由拒绝自己的第二母亲——沙漠。

于是，我终于想看清它的本质和粗犷。

第二天，我跟几个好朋友挺进了我生命开始的地方，我终于和沙漠相遇了。黄色的沙漠刺眼地反射着阳光，像是一种抗拒——这才是沙漠，桀骜不驯的沙漠。我固执地走进这黄沙世界，感动地凝望着，这正是我一生所等待的时刻。我带着生命里注定的机缘来到你身旁，凭着与生俱来对苍茫的敏感和嗅觉锲进你的身体，没有什么不解的，一切在未进入时便已了悟。

　　我们静静地对峙着、审视着，我几乎觉察不出你的动静。然而我知道，你在不动声色地涌动着，从沙梁慢慢滑向沙谷，形成新的沙梁、沙谷，短时间内呈现的是层层叠叠凝固的波涛。这波涛一直涌向天边，好像是从天边晚霞里涌出来的，构成了一幅壮丽的画卷。

　　我的血狂涌着，骨头嚓嚓地响，隐藏在血脉里本质的东西，仿佛正呼啸而出。你果敢地摒弃了其他一切色彩的装点，纯净地黄着，这正是贵族的颜色，你本能地骄傲着。没有一丝风，太阳毫不吝啬地释放着光和热，我不由得眯起了眼，望着你，我想在我们之间一定有一个辉煌的仪式，那个神圣的时刻即将到来。

　　太阳更高了，这高温巨炉源源不断地向沙海倾倒着钢化烈焰，一阵阵热浪扑来，令人窒息。然后渐渐有了风，干烈而粗糙，我喝着风，火焰一寸寸烧着发丝和肌肤，烧着食管和肠胃，烧着心灵深处的奥秘。"我知道你一直在

英吉沙县沙湖

等我，请把你深藏着的一切都告诉我吧。"我默默地呻吟着，声音里带着火。

这是一座实实在在的火狱。我默默地凝视着它，想放声歌唱，却找不到一首适合给沙漠的歌。我开始失去喉咙，眼泪顺着脸颊流下来，我正和一个女人的遭遇相遇，那个命里等我的女人。她的苍茫，她的辽阔无边，她的亘古岑寂，她因无人能征服而独有的高贵，继续统治着她的子民，并让我拜倒在她的怀里。

爱情在勃发，这是命中注定的恋爱。这爱有仲春的绚丽姿色、酷夏的热烈言语、金秋的丰满韵致、隆冬的纯洁无瑕。我的魂即是她的魂，我是她的男人，正向她走去……

突然，一团黑云疾掠而来，刹那间狂风四起，沙尘遮天蔽日。我毫无防备地陷进漫漫黄沙之中，什么都看不清，一切浑然未开，模糊难辨。我的发丝上下翻飞，暴烈奔跑的风抓着我，尖啸着，像要把我撕成碎片。"你不能这么对我。"我对她吼道。这应是我最后的归宿了，我绝望着。刹那间，电光火石般有什么东西冲破天际，我知道她在我对面，她凝视着我、检阅着我，她孕育着不可思议的辉煌。

我这才意识到这是她对我的洗礼。我安静下来，屏气凝神，把肆虐的风关在外面，虔诚而专注地接受她的赐予。从发丝到足踝，从肉体到灵魂，都被沙清洗着，不知过了多久，风终于放开了手，沙已埋到了我的双膝。这时我泪流满面，我的血液魔性地策动着我和沙漠的这场相知，我并不知道我所执着的土地会用这种直接粗暴的方式，在我的生命里注入一道永不枯竭的隐流。这是一个暗藏杀机的地方，它不是故乡，却驱动着我寻找精神意义的家园。来之前，我刚从残酷的冬天里走出来，这样的漠色与风暴，掠过我今生所有的欢乐和忧伤，烙在记忆深处。

我决定继续深入，我不知道我需要什么，但我相信：只要到达，一切都会了悟。我正变成沙漠的一部分，向暴虐倾斜，向它无边无际绝望的寂静倾斜。我遭遇它，已经整整迟到了三十年。我在霓虹灯下张望，在觥筹交错时无所适从，在茫茫人海中迷失，却在这儿找到了答案。

岁月深处暗淡的沙粒，我从你知道我自己，我目睹了你的苍茫辽阔与雄浑，目睹了我在你怀里的消亡与诞生。我放声喊着自己，我看见了另一个我。

只有在这里，我可以无拘无束地呈现，或向自己的内心挺进。我凭热爱闯入了文学，凭执着闯入了沙漠，在此热泪盈眶。这是本质的我吗？这和在坚忍中苟活的我是一个人吗？哪一个我更残酷、更类似自虐而最终导致真我的毁灭？哪一个我又孕育着新的诞生？我一直尝试着用诗歌到达燃烧的沙，我看见阳光、风、雨、树木，穿过世声俗语，走向远方升起的图腾。

岁月深处辉煌的沙，我从你知道了这个世界。必须是融入集体之中，沙和沙挤在一起，才能吸纳从碧空、云朵上传来的阳光和钟声，才能和大地一起呼吸、一起沉睡，才能在风暴诞生之前，在煎熬中涅槃，重获新生。

这一刻，在紫外线的刺杀中，我的眼角枯涩了，我的思想被灼出一道印记。挺进，像是英勇地赴死。但不要紧，我需要这奇妙的考验，探究另一个燃烧的我——以生命的名义，以骨血的名义。

之二：植物

与疆外其他省市植物不同的是，新疆的植物大多处于干渴的状态，英吉沙的植物如是。这与新疆特殊的地理环境有关，也与雨水稀少有关。每次看到胡杨、骆驼刺、红柳、梭梭等植物，我都心生敬畏，它们能够扎根这片土地，本身就是一个壮举。

尤其是少雨季节，植物干渴，叶片卷缩，奄奄一息时，你会感受到生命的苍白和无力。看着它们露出的骨头，你的心在滴血，你的悲伤只比它们多出一道闪电。那一刻，生与死的界限，就在一念之间，而且任由时间飘忽也无法找到答案。从沙漠出现，我对死亡这个词有了恐惧，当我们遁寻它的足迹时，生命与成长，苦难与蒙昧中的滋味，总让你五味杂陈。

有一次，与几个好友驱车去泽普县时，映入眼帘的先是红柳，而后就是胡杨了。但这里的胡杨，却迥然不同，有水的地方，枝叶繁茂；没水的地方，只剩下躯干，瘦骨嶙峋。在我们经过克孜勒乡时，深深地被震撼，有的怒吼，有的酣睡，有的飞翔……我无法想象，它们在过去的亿万年里，经历了怎样的人生苦楚，却依然直挺胸膛，把"骨头"伸在天上，高傲地仰着头。

这突兀的力量，让我有些恍惚。

于是，我站在胡杨毁灭的土地上呼喊：告诉我，胡杨树！你从何处来？你是否听见我撕心裂肺的呼唤？你是否听到驼铃在你脊背上凄婉的呜咽？你是否看到热血的一代在这里矗立起一座坚城？

我不用明亮的眼睛，也不用聪慧的耳朵，而是凭借记忆中你那伤痕累累的心灵和躯体，去读懂你曾经的存在。我在你铁戟勾勒过露出骨头的树杈上，读懂了你不畏屈服的砾石般的性格；领悟了你从蛮荒的热血中走来，穿越我们祖先的刀耕火种，经历冰与火的历练，沙暴与旱魔的情境。你与我们的祖先同步，与大漠同步，从历经劫难的缝隙中走来，今天依然屹立在这里，正好印证了那句赞美：生而一千年不死，死而一千年不倒，倒而一千年不朽。

被培育出解构习惯的我，决不能解构自然对我的安慰。正如此刻，在胡杨面前，以历史为镜，生命的词汇和赞美都是多余的。在这里，你只能感知、体悟，在那命运的漩涡里，个体亦是中心，中心亦是胡杨，每一棵胡杨都在努力汲取水分，艰难地生长，然后形成成片成片的胡杨林，变成了"群体"。

著名诗人沈苇说过：事实上，每一朵花、每一株草、每一棵树，都是一个"世界中心"。而在这片土地上，每一种植物的存活也是世界中心。否则，怎么会有那么多人扎根新疆，像植物一样艰难地活着。

之前，从泽普回英吉沙，过了马牙克站后，公路两边长出许多小草，绿油油的，甚是喜人。在这之前，也就四五月的时候，那时干燥少雨，动不动还有沙尘暴光顾，一场沙尘暴过后，到处都灰蒙蒙的，感觉要窒息。更别说植物发芽、生长了，就算发出来，也会被一场风刮懵，被灰尘盖掉，或者死去。进入六月，南疆的雨水多了起来，植物的生长也进入爆发期，往往按照春天生长的周期，它们可以在一个月内，迅速长成该有的样子。但对于公路两旁的植物生长，还是比较困难的，我看见他们从碎石中长出，匍匐在地面，以点、线、片、面的关系，延伸到公路上的缝隙，排列出不同的景致。

一路上，我都被它们包围着。那些青绿，犹如一张张故人的脸，一直注视着你，它们会告诉你一些秘密，并呈现出一种植物的"存在"，强烈而富有弹性，在一个有限的空间内传递出无限的生命气息。

是的，它们的故事只有时间知道。它们是时间之舟，也是时间本身。它们从久远的年代而来，既古老又新鲜，这之中，我们的相遇有一种神秘的交汇，不管是城市，还是荒野，亦是路途。我无数次观察它们，记录它们，就是想知道我是先于它们而存在，还是它们先于我而存在。但终究还是我错了，它们在任何时间、任何地点，只需要一场雨，就可以生根发芽，长出绿叶，零星散布，变成一道独特的风景。而我，对于一场雨的到来，大多是流于对生命的体悟，更别说立足当下，预测未来。

车越跑越快，我们渐行渐远。我也许不会记得它们的面孔，也不会记录下某个时辰，诸多我们无法体察到的一些事物，终会通过其他方式，以另一种形态的智慧与我们的心灵产生呼应，而见证成长。

事实上，我们人类一直在跟植物学习。在和植物的交流里，会更从容自在些，我一直试图从内心出发到广袤的自然中去，那里有善和美以及教诲。我这样想，时间就会慢一些。因为，我们是河流、草木、泥土的本身。

之三：昆仑山

遥望昆仑山，肃穆绵延/那一行茫茫的白里/有蓝色火焰，有前世的梵音和鸟鸣//它时常变幻，放荡不羁/从印度洋水汽开始，一路漂泊多国/才得以在此安歇……

在《遥望昆仑山》中，我向往巍峨雪山，虽不能抵达，但在梦里，总能与它相遇，在白雪皑皑的世界里，穿越、思索、麻木。于是，每次坐飞机的时候，我都喜欢坐在靠窗的位置，把头紧贴玻璃，一路看着。

之前上大学，从乌鲁木齐出发，飞跃青藏高原的时候，就被飞机下的巍峨雪山震撼。它们绵延几千里，白茫茫一片，深不见底，那常年积雪高插云霄的群峰，像古代皇后头上的皇冠，各种珠宝、翡翠镶嵌其中，发出夺目的光芒。那一刻，让你昏眩，又让你置身其中，迷恋不舍。

但不同的是，那种震撼和相遇都是短暂的，一年下来，也飞不了几次。更别说，与群峰续缘，再次感受那宏大、壮阔、斑斓的景观了。好在我生活的地方——英吉沙县，能时常看到昆仑山。只要一抬头，它就在你面前，从西到东绵延几千里，让你感觉，你身边随时都有个依靠，无论去往何处，都不会迷失方向。

于是，毕业后漂泊了几年，依然回到新疆，这充满希冀的土地。

是的，昆仑山陪伴了我，见证了我的成长。在一年四季中，我最喜欢冬天，冬天让人沉寂，万事万物都回到了原点，大地空无一物，广阔而遥远。在多次陷入自我的困顿时，我就喜欢出去走一走。在昆仑山脚下，走在雪中，让你不再孤单，那么多雪花陪伴着你，你也是其中一片，回旋，落下，覆盖，再被覆盖，融入大地。

而今年，它已是初冬的模样了。有初雪的森林，将白色、绿色巧妙地交融在一起。这是冬季的颜色，这是两种不同事物美的象征，它们把永恒演绎到了极致，让你情不自禁地赞叹大自然的神奇和诡谲。洁白的雪在山里铺了五六厘米厚，它们已先于你到达。

行走在雪地上，听着脚下传来的"咯吱、咯吱"声，我竟然不敢相信自己的双脚还能弹奏出这么美妙的音乐。山下的铺地柏也枯黄了，它们不像那些落叶木，叶子枯黄后便凋零飘落，它的鳞状小叶总是很好地长在枝上，体悟着生命与自然的碰撞，有滋且有味。

顺着山沟行走了一段距离。起初像一只小鸟，健步如飞。走了一段距离后，河谷两边的山愈发险峻，雪林也逐渐密集，我居然开始担心会碰见野兽。要是碰见黄羊、北山羊、天山马鹿之类玲珑温顺的野兽，倒是蛮不错的事，就害怕碰见狼、野猪、雪豹之类的凶猛野兽。我之所以感觉会有野兽，也不是没有原因的。冬天深山的雪更厚一点，野生动物寻找食物困难，就会下山找寻食物。不知为什么，忽然就想起了这些。虽然有时非常希望遇见野兽，只是今天千万不要遇上，可以肯定地说，在我周围方圆十几公里内是没有人的，万一出现意外，即使喊破嗓子，也不会有人来搭救我。

我只是森林的"客人"，这一点，我一直没有忘记，所以我从来不去破坏

"主人"的家。这里的一草一木、一雪一石，都深深吸引着我这个远方"客人"。一块巨石上长了一棵云杉，它茂盛地在石头上生长，把那块灰色的巨石装点成了一块绿荫地，我爬到石头的侧面去看了一下，那棵云杉树正好从石头中间钻出，它一定费了很大的力气，也一定与巨石进行了持久的耐力战，最后，才打胜了这场战争，为自己的生命赢得了一片生长空间。看着这一树一石，又仿佛是大自然的一种插花艺术。

继续深入，雪越来越厚。我默默地爬着，静静地看着，好像这片雪林属于我，又好像我是属于这片雪林的了。摘了一棵爬地柏的果实，虽然已有些干枯，但一股熟悉的松脂香味仍然扑鼻而来，就是这种气息，让我久久不能忘记，这是山上的原始雪林特有的气息，在其他地方是没有的。这时，抬头望向雪峰，已快达到了 70 度角，也许你只能仰望，才能感受到昆仑山的伟岸和别致。

些许，云雾缭绕，寒风凛冽。在那一行行茫茫的白里，我看到有蓝色火焰，燃烧着通体的山峰，大片大片的，这也许就是远观和近观的差异感吧。那时，在山脚下看昆仑山，你看到的是宏观的变化，有时只能去想象，现在身临其境，想象都是多余的词汇，它会毫无保留地呈现在你面前，让你畏惧，让你崇拜。感觉除了生命之外，原本拥有的都不算拥有，在这里，你被撑大的感官会容纳很多东西，为此你的心也在变大，思维被打开，想，时间的更替历经千年万年，一成不变的只有它们。而我们，只能随历史云烟消没。

此时此刻，我已融入了昆仑山。我置身其中，开始感受它的喜怒哀乐。每一年，到了冬天需要检阅的时候，我就跟它一起，或寒风凛冽，或威严震怒，或变幻莫测……

之四：村庄

对我来说，故乡亦是村庄，是安放内心的一个自在的慢的地方。

如果非要把梦里的故乡还原成现实的村庄，是不可取的，这种记忆也是在童年那种没有功利性的自然状态下建立的。花即花，草即草，鸟即鸟，村庄即村庄，不隐瞒，不欺骗。

芒辛镇，我成长的地方，现已物是人非。每次回去，我都有些失落，村里几乎只剩下老人和小孩了，年轻人大多去了城市，或更远的地方。如果你跟一位熟面的老人打招呼，多半是你认得他，而他不认识你，也许是时间更替得太快，也许是那种潜移默化的东西，已形成一种隔阂，让你进不去，又出不来。但等你开始介绍自己时，老人好像又想起了什么，说你是谁谁的儿子，小时候跑得老快、爱爬树、不听话等等之类的。就在那时，一种陌生又熟悉的情感，悄然建立。

看着他们苍老的面孔，像这个村庄一样没有生机。是的，时代在变迁，城市在发展，但村庄大多还处于一种滞后状态。在这点上，你可以从老人的语气中感受到，说话还是土方言，却觉得很有味，也许你在几十年后，或更长久再也听不到这种土话了。站在村庄路口，环顾四周，人们不急不忙，该干什么就干什么，一切时序井然，处于一种慢节奏、慢状态。

此刻，这种节奏才是最舒服的。

小时候，我们从来不会因为上学迟到而挨老师打，因为老师也迟到；不会因为玩到很晚才回家，而遭到父母的惩罚，或者不给饭吃；也不会因为睡上一整天，而觉得时间被浪费……好像一切慢得是那样理所当然。

比如一棵树，从你出生算起，小小的一棵，一年只外扩一个年轮。如果你长久地生活在这个地方，你会发现，它一年下来几乎没有生长，只有特定的参照物，才能证明它长大了。

几十年后，我们都已老去，可树依然在生长。最明显的特征是，树皮皲裂，长满青苔，虽然树心干枯，它的皮依然在输送营养，维持着一棵树的威严和壮阔。但多数时候，还未等到一棵树老去，它的旁边已发出新芽，也许老树已经意识到了它的生命即将到头，才积蓄所有密流，重新占据一小块土地，长出新苗，然后慢慢生长。以此往复，生生不息。

除了见证一棵树的生长、衰老、死去，我们还喜欢躺在麦草垛上看云。

在农村，什么都是慢的，又是变化的。疆外的云彩懒惰，喜欢堆在一起，如果不耐心等待，很难见到晴天。而新疆则不同，一年下来，晴天较多，就算有云，也会因为一阵风的到来，被刮跑了。当然，只要风停下来，云又会跑过来，变成树的样子、鸟的样子、马的样子……

那时，你会感觉到所有的云都是自己的。云带给你阴凉，会让你的呼吸变得均匀，让你知道，世界一直处于一种美好的状态。看云有时就是在看自己。那些梦里的画面和故事，冥冥中，都会得到展示。所以，有时闭着眼轻轻睡去，你会感觉到云高高在上，也不过是转瞬变成了忆念。

醒来后，云还在，时间还在。如果你想在田野里轻盈地飞奔，云也会跟着飞奔，这时你才意识到，原来云也是自己身体里的一部分，享受着你的喜怒哀乐。如果抬头看一眼，它只是简单纯粹的，如果长久注视，慢慢地，你会感觉自己也被卷入到一种巨大的移动当中，那样的移动，是整体的、全面的、强大的，有时电闪雷鸣，有时阴云密布。那一刻，它在你的身体里是那么的不可抗拒，又越陷越深。只有等天放晴，它才收敛脾气，温和而光鲜亮丽。

我就是在这里度过了我的童年，那种慢，不仅是村庄，还是云、人、鸟、牲畜、方言……所有能慢下来的东西，都是美的。所以，常常因为这些，我做事都慢条斯理、不急不慢的。

就像此刻，我站在村庄路口，朝每一个方向走去，都要走好长时间，那些慢是享受的，是生活之外一种自在的东西，你急不得，也挥不去，只能在慢里变得有意义。著名作家刘亮程说过：老是可以缓慢期待的，那个生命中的老年，是一处需要我们一步步耐心走去的家乡。我在这个村庄，就是在这样的状态下，悉心领悟到的。

因为，人在年轻的时候，对村庄这个概念还不是很敏感，可上了年龄就变了。在经历了现实的种种磨难和挫折后，心就会慢慢往回走，开始喜欢旧的时间、慢的事物。亦如这个村庄，慢得井井有条，慢得深刻……

这样真好。站在这片土地上，就像站在时间的页眉，饮食、语言、道路……不再陌生，也不再迷失方向。

我们走进沙漠，看清了它的本质和粗犷，看见了另一个燃烧的自我；我们通过植物构造一个"世界中心"，忍受干旱和煎熬，而幸运活着；我们遥望昆仑山，体悟着生命与自然的碰撞，或寒风凛冽，或威严震怒，或变幻莫测……我们回到村庄，享受着时间的慢，而变得理所当然……所有这一切，都是上天给予的恩赐。我这样想着，也这样爱着。因为，它们是我精神的故乡。

作者简介：默风，本名魏银龙。新疆作家协会会员，毛泽东文学院学员。作品散见于《诗刊》《星星诗刊》《扬子江诗刊》等刊物。绘制了《狂野森林》《深海历险》《逃离魔幻际》《小莫尼的梦幻奇遇》等儿童文学插画。著有诗集《悠长的忧郁》，散文集《像时光一样柔软》。

盛世里的英吉沙杏花

依 屯

都说英吉沙很美，但我却一直固执地认为英吉沙的美，尽在英吉沙那浩瀚的英吉沙杏花。在英吉沙杏花盛开的时候，沿着脚下任何一条想走的路，都会抵达英吉沙粲然的春天。不是吗？正因为英吉沙有了浩瀚无垠的英吉沙杏花，才有了英吉沙人爱花的情结：他们在腰带、靴子、帽子、领口、手帕上绣花；在房前屋后种花、栽花；在春天里采花，或拿在手上，或插在鬓边，或含在嘴里。他们不仅爱花，而且还用花给女孩命名，如：阿娜尔古丽（石榴花），塔吉古丽（鸡冠花），齐曼古丽（红莓花）……维吾尔语中的"古丽"就是花。

英吉沙杏，是中国国家地理标志产品。所以，爱花的英吉沙人，尤爱英吉沙杏花。

英吉沙县杏花

英吉沙县杏花

他们喜爱英吉沙杏花，是因为英吉沙杏花与英吉沙一切美好的景色和意象枝枝相连；他们喜爱英吉沙杏花的颜色，因为英吉沙杏花的颜色与英吉沙人纯洁的梦境息息相通；他们喜爱英吉沙杏花的花朵，因为英吉沙杏花的花朵与英吉沙姑娘靓丽的面容朵朵相似。因此，在每年南风未起的时候，我就已经迫不及待地开始想象英吉沙那万亩浩瀚杏园里英吉沙杏花盛开时的场景了：那时的天一定很蓝，蓝得如同梦幻；那时的风一定很柔，柔得若婴儿的呼吸；那时的云只需在不远不近的地方点缀；而那时的阳光就一定只照在英吉沙杏树上……让人思也缠绵，梦也缱绻。

英吉沙杏花开了，英吉沙的春天才是真正地来了。

英吉沙杏花盛开季节里的英吉沙，每一株杏树都宛如一个朝气勃勃的少女，一大群少女挤在一起，就让英吉沙迎面吹来的风里熏熏然逸满了醉人的馨香。"乱点碎红山杏发，平铺新绿水蘋生""红花初绽雪花繁，重叠高低满小园"，我以为，千百年来一直在唐诗中"乱点碎红"的那些杏树，以及那些欣欣然将招展的花枝高低重叠铺满小园的杏花，其实都指的是英吉沙的英吉沙杏树与杏花。

一个阳光真实的日子，我沿着花香的指点，走过昆仑山的伟岸，走过塔里木的传奇，走过喀什的旖旎，走过古陆地丝绸之路的雄关，一直走进那英吉沙杏花盛开的英吉沙。静立浩瀚的英吉沙杏花丛中，花开的声音如窃窃私语，听不出这英吉沙的春天究竟是来了一半还是去了一半。微风吹过，落下三五花瓣，在我弯腰拾起，来不及思想及感叹的刹那，看到一群群与英吉沙杏花同样美丽的女子，在花前留影。日丽风和中，人面与英吉沙杏花相映，不知是女子化成了英吉沙杏花，抑或是英吉沙杏花化作了婀娜的女子。只觉所有的风景黯然失色，世间的一切也忽然间留白成画意模糊的背景，只有那分不清彼此的花朵和女子，在亘古的阳光里竞相盛开，开成朵朵粲然的笑靥，而英吉沙的春天便也由此有了最动人的质地。

"楼外垂杨千万缕，欲系青春"，我想，宋时那个叫朱淑真的女子一定没有到过英吉沙，更没有见过英吉沙处处盛开的英吉沙杏花，不然她又怎会发出"随春且看归何处"的感叹呢？其实，时光荏苒，春去秋来，英吉沙的杏花漫过哒越葱岭的文明，走过东喀喇的月色，淌过叶尔羌的风雨，早已浸漫了春天永恒的美色，只待一个莺飞草长的日子，在明媚的阳光下，自由绽放。所以，每一朵英吉沙杏花都是一个春天，花开是春，花落亦是春，只要有英吉沙杏花盛开的地方，就会有春光常驻，何须辗转归？

英吉沙的英吉沙杏花开得最美的时节是在四月。四月的风才从昆仑山麓吹到塔里木边，英吉沙杏花便开始了轰轰烈烈地开。英吉沙杏花开的时候，往往会飘起金色的太阳雨，雨中，一弯彩虹随意搭在民居与杏花之间，阳光是百合色的，远远近近的人群是玫瑰色的……人流光飞舞，来者自来而去者自去。这样的挥霍，可谓慑人心魂，芳华绝代。莫非花开赋出的是另外一层意义？如是解人，也定会是会心一笑吧，也许难就难在这一层领悟上。

"花儿美，花儿香，戴在头上多漂亮。年轻时似花样，年老时果更香……"只是当我听到那古老的《戴花歌》在英吉沙杏花丛中随风荡漾的时候，当我看到英吉沙杏花如烟的小道上，许多叫作"姑娘"的蝴蝶在盛开的花丛中翩跹起舞，许多叫作"小伙"的鱼儿在花海里快乐游弋的时候……才忽然想起这花如盛世，盛世如花。

盛世里的英吉沙热土！盛世里的英吉沙杏花！

作者简介：依屯，本名张昭强，一级作家、诗人，云南人，现居广东东莞。有三百余万字的作品散见于《章回小说》《中华传奇》《中国故事》《人民文学》《民族文学》《党员文摘》《法制日报》《云南日报》等报刊，著有《雨林毒枭》等十余部中长篇。有多篇作品入选中考语文阅读教材、入编燎原教育·全易通·初中语文教材，以及《中国新时期少数民族文学作品选（傣族卷）》等多种选本。

我把你油画般的风景收藏在我心底

金明春

这是生长梦的时代
这是生长梦的大地
我把梦放在你这里
这里是保存梦的最好的地方
英吉沙
你是用诗做成的
上阕有温婉的体温
下阕有音乐般的呼吸
每一处都是美妙的音符
我们聆听着动听的音乐
每一处都是精彩的图画
我们欣赏着恢宏的画卷
这里是盛产传说的地方
盛产传说的地方是美丽的地方
这里是盛产传说的地方
盛产传说的地方是美丽的地方

新疆英吉沙，是个神奇的地方，辽阔，豪迈，瑰丽。英吉沙，意为"新城"。这里位于新疆维吾尔自治区西南部，昆仑山北麓，塔里木盆地西缘，是著名的"中国小刀之乡""中国色买提杏之乡""中国达瓦孜之乡"，是古代陆地丝绸之路的驿站，南疆八大重镇之一。

在党的领导下，英吉沙各族人民逐梦前行，砥砺奋进，用智慧和血汗开创了伟大复兴的新纪元，谱写出历史长卷中的壮丽华章。英吉沙大地，凝聚成振兴中华之路的新时代脉搏，和中国梦一起编织盛世欢歌。筑梦新时代，奋进新征程，我们栉风沐雨、奋斗追梦，我们谱写新的华章。

英吉沙前行的步伐铿锵有力，科教兴国的力度波澜壮阔。英吉沙，以其巨大的肺活量，同春天一路呼吸。你可以从每一次规划领略一种气势，你可以从英吉沙的发展感受一种速度，你可以从经济建设仰望一种高度，你可以从深化改革体会一种力度，你可以从英吉沙的成就切入视线，你可以从刷新的成就收获惊叹。这一切，来自英吉沙人坚实的脚步和厚实的肩膀。

点燃英吉沙人的梦想，把丰硕的今天照亮。这是豪情的燃烧，这是隆重的盛典。那些感人的场面，那些发烫的日子，一页一页，又在我们心底激荡。这是怎样的情怀？脚步有力，神情飞扬。那是勤劳的体温，那是智慧的体温，那是坚实的脚步，那是厚实的肩膀，鼓起改革创新的翅膀，才会拥有辽阔的天空。我们在奇迹里劳作，我们在神话里住下。种下鲜活的能量，萌发腾飞的翅膀。我们启动经济建设的杠杆，创新是亮晶晶的支点。

英吉沙县北湖公园景色

英吉沙县是集农、林、牧为一体的农业县，林果业是重点发展的特色优势产业，英吉沙县拥有悠久的植杏历史，属农业部确定的全国七大优质商品杏基地之一，英吉沙杏个大皮薄、鲜肉多汁，有"冰山玉珠"之美称。

英吉沙各条战线蓬勃发展，工农商学齐头共进，处处呈现奋发向上的蓬勃朝气。在党的带领下，英吉沙干部群众紧紧抓住经济建设这个中心，认真落实改革开放的基本国策，高起点规划，高标准建设，高效能管理，城乡统筹发展，农业结构调整初具规模，城市建设迅速起步，科技、教育、文化、卫生、体育等各项社会事业蓬勃发展，业绩骄人。

这里有奇异的自然景观，这里有多彩的人文风情。

有梦不觉天涯远。

在这里生活的人们是幸福的，因为纯净。纯净的生活，纯净的劳作，纯净的心灵，以及天人合一的自然景观，使我们沉浸在淳朴自然的芬芳之中。在这里，扑面而来的是安宁与悠闲产生的芳香。在这里可以清心养神，呼吸幽静的芬芳。心静下来，空气清新起来。清风吹拂，送来离心灵最近的祝福。

百花争艳，草木葳蕤，这里是人间仙境。走进它，就像走进梦里，这是一片纯净、美丽的地方。宁静而祥和，在美景中，它在打开人的视野的同时，也打开了人的心灵。这里的绿色很养眼，也温润人的心。我们悠悠地漫步在故乡，放慢自己匆忙的脚步，放松自己的心情，慢慢体验着慢节奏的幸福。在这里，心变得格外柔软起来。

她，是我们现代的"世外桃源"，有着秀美的自然风光，成为人们向往的心灵家园。来在这里，人会变得鲜活、生动起来。在它的怀抱里，你会变得异常安宁。吉祥的白云，自由地飘。云，漂浮在蔚蓝的天空中。她，独具神韵，瑰丽奇妙，原始纯真。这里，是离心灵最近的地方。这里的风景最为壮观，这里的风景最有厚实感，这里的风景最有思想，这里的风景亘古永恒。

这里的风景，不单是多么美丽，而完全可以说它是如此动人。这里有我们心灵深处最纯美的东西。来到这里的人，都如进入梦中。在大自然的怀抱里，在清新温润的山水间，人有一种焕然一新的感觉，和着大自然的脉动，进入一个崭新的境界。美丽、神奇的风景，将会生长更加美丽的传说，将会不断发生更加动人的故事。

这里生长着美丽,这里生长着幸福。这美丽的地方,给了我们视觉的盛宴,也给了我们精神的盛宴。走在梦里,走在画里,在这里,可以放慢自己的脚步,以悠悠的脚步,度量明静的心情,度量岁月的从容,可以静静地随着时光流逝散步般前行。来到这里,你就知道什么是安详。来到这里,你就知道什么是幸福。在时尚充斥的今天,这里更彰显出它幽幽的魅力和从容的力量。风景,只有在心境和谐时,才会放射出醉人的光彩,才能发出震撼人心的光晕。从它的容颜到它的骨髓,都是优雅淡定的。

在这里,人会变得鲜活、生动起来。在她的怀抱里,你会变得异常安宁。

我把你油画般的风景收藏在我心底。

我们带着梦想出发。一路走来,每一步,我们脚步铿锵;每一段,都绽放梦想的力量。英吉沙人民创造了奇迹,铸就了一个光彩熠熠的英吉沙。

精神,是一种力量。精神,是一种财富。争创一流、艰苦奋斗、勇于创新、淡泊名利、甘于奉献的精神,展示了英吉沙人顽强拼搏、自强不息的崇高品格,体现了与时俱进、开拓创新的时代风貌。品格,是我们精神的天空。品格,可以缔造力量、缔造奇迹、缔造幸福。美好的精神,才能滋养我们的教育思想,才能滋润我们前行的铿锵步伐。美好的精神,记忆着教育的史脉与传衍。一个人,正是有着美好而智慧的思想,才会支撑起他精神的大厦;一个人,正是有着美好而智慧的思想,才会不至于显得精神单薄或者精神虚弱臃肿;一个人,正是有着美好而智慧的思想,才会变得昂扬充沛富有底气。美好而智慧的思想,有着淡定而恒久的力量,如火把,照耀着人们前行的脚步;如阳光,光合出甜美的果实。

点燃精神的火焰,温暖我们的心灵。英吉沙,展现出一幅幅壮美的风景。没有天空就没有建筑,英吉沙的建设天高地阔。英吉沙儿女在党的领导下,艰苦奋斗,励精图治,有太多催人奋进的事迹值得讴歌,有太多可歌可泣的人物值得传唱,有太多沧海桑田的变化值得描绘,有太多欣逢盛世的情怀值得表白。英吉沙就像凤凰涅槃,腾飞而起,飞翔在广阔的蓝天。几十年的奋斗,我们一路走来,一个个力的章节,一个个美的段落,打开所有的禁锢思想的篱笆,打开所有封闭观念的栅栏,让奇迹进入英吉沙,让神话从长空中飞落英吉沙。英吉沙，凤凰涅槃，有过改革的阵痛，有过奋斗的艰辛，现在这只凤凰腾空而起，翱翔在万里长空。

这里墒情正好，种植一些翅膀或诗歌，最易发芽。岁月，在这里录下最雄浑的刻盘。没有天空就没有建筑，英吉沙的建设天高地阔，我们可以从经济建设中感受它的一种速度，我们可以从宏伟蓝图中仰望它的一种高度，我们可以从深化改革中体会它的一种力度，我们可以从林立的楼群切入视线，我们可以从发展速度收获惊叹。我们启动振兴英吉沙的杠杆，知识经济是亮晶晶的支点。

作者简介：金明春，中学正高级教师，在《人民日报》《意林》《格言》《新华文学》《做人与处世》《中华活页文选》《思维与智慧》《名作欣赏》《青年博览》等报刊发表作品五千多次。文章多次被作为中考模拟试题中的阅读理解文章，很多文章选入中小学生课外阅读文选。

出版著作《青春，在美的芳华里绚烂绽放》《小猴鹏鹏学画》《教师如何构建生动教育的教学模式》《教育思索写真》等 20 部图书。图书《梦向北川》被教育部选入全国中小学图书馆推荐书目。

作为志愿者参加援疆支教 2 年，事迹在《现代教育报》《教书育人》《联合日报》《山东工人报》《现代教育通讯》《现代教育导报》（现《山东教育报》）及《教育前沿》上刊登，在《印象中国》播送，节目长达 45 分钟。在东北电力大学外国语学院牢固树立社会主义荣辱观活动中，被作为宣传主题人物。

英吉沙的诱惑

魏 军

高空王子阿迪力的高超技艺，摄人心魄的表演，让我崇拜得一塌糊涂，在忙忙碌碌的生活里知晓了世界上这一古老的"达瓦孜"艺术。这享誉世界的"达瓦孜"来自中国新疆的一个小城，它有一个清新的名字——英吉沙。

英吉沙，单是这一个名字，就已构成视觉上的美丽了，就能引起一个人无限的遐想。单是包含的音韵，就已经冲击了听觉。词语间散发的引力，足以让人来一次远足，领略它梦境般的雄性之美。

英吉沙，在维吾尔语中意为"新城"，位于新疆维吾尔自治区西南部，昆仑山北麓，塔里木盆地西缘。英吉沙县自古以来就是叶尔羌与喀什间的重镇，是古代通往西域丝绸之路上的驿站。

英吉沙县达瓦孜学校杂技表演

我慕名而往。

车队离开喀什市区，沿着公路急驱。公路两边满眼都是优美的田园风光，一望无际铺排开来。只要你视力够好，天地之间尽收眼底。

一段时间后，在公路的左边出现了一大片戈壁滩，在阳光下绵长地延伸着。滩上布满粗砂、砾石，灰黄的颜色暴露了它的粗犷豪迈、雄浑壮阔。偶尔有一些耐旱的植物点缀其间，可惜看不到一个动物，哪怕是一只鸟。

公路的右边，景色截然不同，是一片接一片的棉花地。和其他省市的棉花不一样，这里的棉花矮小密集。这个季节里，它们在忙着吐丝，一朵朵洁白的棉絮从裂开的果荚里冒出来，连成一片，如一幕幕平铺的白色瀑布。新疆棉花色泽高亮，纤维长，这里充足的阳光造就了这一区域名品。

在连成片的棉花缝隙里，点缀着一条一条的金黄色，就像给这白色的瀑布镶上了金色的丝带，那是盛开的向日葵。在白色的映衬下，向日葵更加熠熠生辉。偶尔出现的几排杨树，时不时让人心头一震。在朗朗的太阳底下，蓝色的天空中沉睡着朵朵白云，是和地上的棉花一致的颜色。

经过一个小时的颠簸，终于看到了英吉沙。这是一座小小的县城，从陈设布局看，也只能抵得上东部省份的一个乡镇的规模。城内的街道干干净净，这让我们感觉舒服多了，毕竟一路上都是尘土飞扬。大街上行人稀少，和疆外省市县城熙熙攘攘的大街不大一样。一行人沿着街道向前，街道两边的建筑色彩鲜艳，多为低矮的单层或两层建筑。置身如此古朴的建筑中间，内心顿时升腾起一股宁静，让曾经喧嚣的心获得片刻安宁。

人潮汹涌是我去过的每一个城市的标准印象，然而在英吉沙，这里的小街却是可以悠然信步的、这里的人们是从容的、文雅的。生活如微风拂面，彻底去除了摩肩接踵的气势。

英吉沙不是城市，英吉沙的人们平实而稳重，他们选择了自己的风格，自然而居。

英吉沙的建筑热烈而温暖，如一个个方方正正的小盒子，一排排，一片片，整齐而有韵律，如落在高原上的一盘棋子。它们在阴晴昏晓之间，从容不迫，袅袅炊烟，流入时光的长河。

小街的每一扇窗似乎都嵌着一个古老的故事，镶着一个传说。就让它静静地站在那儿，不可触碰，那些故事正欲喷涌而出。

我们经过大街小巷里的每一户人家，房前大都种植了绿色的植物。有小树，有灌木，有鲜花，盆盆罐罐，三三两两，彰显着主人的喜好。这一丛丛一簇簇的绿，在这个气候干燥的小城里尤为珍贵。

走累了，自然要补充食物。街上有几家饭店看着不错，远远地就闻到了香浓的味道，这香气在微风里吹拂，沁入鼻孔，让腿脚乏力的我们更加饥肠辘辘了。挑选了一处简单的小饭馆，里面陈设古色古香，整洁大方。这里的面食最美，店主把一碗碗家常拌面端放在桌子上，那股混合的香味便四下翻腾。谁也顾不上客气，顾不上礼仪，先尝为敬。很难想象，在这里依然可以得到物美价廉的美食。临行时，店主还送我们一小盘西瓜。

补充了体力，我们就直奔手工作坊。一直听说，英吉沙的小刀久负盛名，此时目睹，果真名不虚传。

英吉沙小刀工艺始于400多年前，经过历史的积淀，英吉沙小刀造型别致，款式精美绝伦，刀刃锋利。那纤薄的刀片，有的黑若乌金，笼罩着肃杀之气；有的亮如白银，透出寒冷之意。刀把更是纷繁多样，有直的，有弯的，有圆柱形、锥形、伞把型、牛角状、鸟头状等，形态各异；有羊角、牛角、鹿角等动物的角类材质的，也有木质的、铜制的。木质刀把以名贵树木切割打磨而成，铜制刀把手感沉重，有一股力量喷薄欲出。在刀把上还镶嵌了人造宝石、不锈钢或银质雕花工艺，更加凸显小刀的王者之气。

小刀的样式从简约的造型到华丽的外表，不一而足，琳琅满目，一眼是无法尽收眼底的。仅仅是一个小铺就让人眼花缭乱。

英吉沙小刀的铸造工艺极其烦琐，有几十道工序。首先要选择优质钢材，经过高温炉火，千锤百炼，制造成粗坯和细坯，然后上工作台用机器砂光，或者用手工锉磨，最关键的是淬火，目的是让刀刃更锋利，以至于吹发断丝。

一把精致的小刀自然离不开别致的刀鞘。刀鞘有铜壳，也有革套，刻上传统特色的花纹和图案，或镶上珠宝、玛瑙、玉石以及金属小件，又添色不少。每一把英吉沙小刀都是独特的存在。

从英吉沙县城出发，往东两公里就是土陶村。

雪水融化，从昆仑山上淌下来，又从村庄里每户人家门口流过，就如江南水乡。只是这里没有青青的石头，只有厚厚的黄土，门外也没有桃红柳绿。整个村子都散发出一股土陶艺术气息，房屋外墙刷上了泥巴，有的平整光滑，有的凹凹凸凸，参差不齐。间或在某一处墙壁上还镶嵌着土陶瓶子、罐子作为点缀。村里的那一股喷泉，也是土陶水壶的形状，满眼都是泥土艺术的味道。这样的装饰风格让我们眼前一亮。

在英吉沙的土陶村，我们见到了土陶传承人阿卜杜热合曼，以及他亲手制作的精美土陶。阿卜杜热合曼在村庄里专门制作土陶，在英吉沙很多人都知道他的名字。

阿卜杜热合曼说，传承特色工艺是土陶人的责任，他更是如此。

土陶村烧制土陶的历史悠久。经过不断完善发展，形成了独特的英吉沙土陶，相传至今。这一泥土艺术，虽然经历了多年的历史，却依然保持着最古老的制作技艺。

随着经济的发展，村庄人家多选用塑料、玻璃及不锈钢制品作为盛放东西的容器，土陶制品在人们生活中出现频次越来越少。

山东援疆工作启动后，土陶村迎来了春天。政府和驻村工作队不光在饮水、生活、生产方面给予大力支持改造，还对土陶艺术这一国家级的非物质文化遗产进行挽救。先是筹措资金对民居、庭院、外墙和巷道进行重新规划，统一装饰，极力展示英吉沙土陶艺术元素。在村里还建有一处土陶展览馆，在馆内有展示区，也有工作区。土陶村的每一个匠人都可以免费在这个展馆内制作艺术品，并把它摆放在展区，供游人挑选售卖。同时还组织土陶村的艺人与外地交流学习，英吉沙的土陶又可以大放光彩了。

阿卜杜热合曼，这位国家级非遗传承人，每天都忙得不可开交。家里常常人来人往，从全国各地慕名而来的土陶爱好者，都愿意近距离观赏一块黄泥变幻成艺术品的传奇经历。阿卜杜热合曼的儿子作为家里第八代制陶人，在认真学习父亲的手艺的基础上，又虚心借鉴援疆省市和景德镇等地方的技术，为这一艺术增添了新元素。

在工坊里，阿卜杜热合曼切下一块合适的黄泥，放置在旋转的工作台上，两只手轻轻握住泥坯，拉坯塑形。随着手的上下移动，通过手握力量大小的改变，泥坯的形状一点点变化，不一会儿就呈现一个水壶的轮廓。阿卜杜热合曼说，这只是一个水壶泥坯，还要经过晾晒、打磨、上釉、烧制等十几道工序，才能最终成为一件可以使用的土陶制品。

展馆里的展台上，摆放着匠人们制作好的土陶艺术品。

我们在几名老艺人的指导下，每人选了一个土陶样本。将泥坯放在台子上，旋转、塑形、雕花，还真费了好大劲。说来惭愧，我们每一步都是在老艺人出手帮助的情况下，才能进行下一步。如果有足够的时间等待，还可以把自己亲手制作的工艺品放进窑室里烧制，收获一份惊喜。

给土陶上色的颜料，是从高山上或戈壁滩上采集的彩色石头。把石块粉碎碾磨成细末，添加铁锈和植物油，做成釉料。这些天然的颜色在高温烧制后演进蜕变成光彩夺目的亮色。

走进英吉沙，如被一种声音牵引着，拖着舒缓的节奏，经过一扇扇门，透过一扇扇窗，驻足或者徜徉。老妪的慈祥，孩童的天真，微笑间稀疏而缺失的牙齿，都揽入怀中，塞进梦里，化为一幅静物。

在英吉沙，我们足足地感受了它的随意与慢节奏，让心沉醉在微风中，沉浸在一段红墙的梦里。仅仅是一次相遇，英吉沙便成功地在我的心底攀爬，一路洒下生命的随意，荡涤去满怀的尘垢，种下一抹恬淡而平和的绿色。

习惯了这种恬淡，以至于回归闹市后，夜里常常睡不踏实，几次拥被而坐，一点点透析那英吉沙空气中的氤氲。看月光慢慢浮上窗棂，此时英吉沙的小街上一定月光如水，祥和之气微微荡漾。

英吉沙在几多岁月的洗礼中，日益俊朗，留给人们无限的回忆。英吉沙之风，从春到夏，从秋至冬，不停地轮回。日月更替，沧海桑田，斗转星移，你依然守在这里，等待更多的人认识你、懂你。

作者简介：魏军，山东曹县人。热爱文学创作，用温情的文字拥抱世界。有散文、小说、诗歌发表在《山东散文》《牡丹晚报》《鲁西南文学》以及网络媒体等。散文《二爷的旱烟袋》获山东省庆祝建党100周年二等奖。

英吉沙传说

魏 松

很久很久以前，英吉沙有一户牧民，祖祖辈辈过着日出而作、日落而息的生活。

家里的小女孩叫热娜，每天吃过早饭就会赶着家里的羊群去放羊。这一天，热娜发现一头母羊丢了。母羊已经怀了羊崽儿，全家人都视作宝贝一样。因此，天刚蒙蒙亮，热娜就急忙出门了。

走到一个山洞前时，热娜看到一个发须皆白的老僧在洞里打坐。热娜走上前去，问："老爷爷，您看到一头母羊了吗？"老僧说："我没有看到。但我想让你帮个忙，我在这里有非常重要的事情要做，所以不能离开这个山洞，你可以每天带饭给我吃吗？"

英吉沙杏

热娜家里并不富裕，羊群就是家里最值钱的东西了。热娜说："我回去告诉爸爸妈妈，看看家里能做些什么吃的。"

热娜回去把情况给父母讲了。夫妻俩虽然为母羊的丢失十分伤心，这就预示着后面的日子更难过了，但还是决定让热娜每天从饭锅里分出一碗饭给老僧送去。

热娜连续给老僧送了七七四十九天饭。

第四十九天时，老僧对热娜说："我可以离开这里了，你也不用再给我送饭了。"老僧说着，站起了身。热娜突然发现，一头母羊缓缓从黝黑的山洞里走了出来，和那头家里丢失的母羊一模一样。热娜转过头来，老僧已消失得无影无踪。

原来，这个老僧是龙王变化，而那头母羊是一条黑龙幻化而成。

英吉沙境内有一条名为库山河的大河，以前每到夏天，库山河便常常泛滥成灾，长期的洪灾使百姓苦不堪言，年复一年，惊动了仙界。龙王也知晓了民间疾苦，便派了一条黑龙常年潜伏于库山河，每逢遇到暴雨之际就吸住洪水，使河两岸再也没有闹过洪灾。

黑龙使两岸变成了青山，英吉沙百姓安居乐业。黑龙本是以河中数不尽的鱼虾为食，三餐无忧。

但它心中念念不忘的是岸上那些飞禽走兽，那些鲜活、多样的生命勾得它垂涎三尺。

热娜家的那头母羊咩咩的叫声早就撩得黑龙心痒难耐，日思夜想。

这天晚上，狂风暴雨而至，天地一片混沌。黑龙觉得机会难得，偷偷上岸，向羊圈爬去，一口就吞掉了母羊。

龙王察觉出了黑龙的异动，待出手制止时为时已晚。龙王震怒，前来捉拿黑龙问罪。黑龙一路飞逃，为了阻拦龙王，便想以大水淹没英吉沙。于是，黑龙施法，猛然升起一座数千丈高的山峰。如不加以破解，库山河河水被堵截，河水猛涨，将导致方圆百里积水成湖。黑龙的造孽激怒了龙王，盛怒之下，他用巨爪将山峰劈成两半。

黑龙被龙王所降服，被龙王永远压在了自己的腰身下。黑龙的魂魄被龙王提至虚幻之境，接受七七四十九天的惩戒。那个山洞就是龙王设置的虚幻之境，黑龙见事已至此，便连连求饶，誓言甘为龙王当牛做马，永不背叛。

龙王念其初犯，知错能改，又未伤及人命，便饶它不死。但死罪可免，活罪难逃，既已吞食热娜的母羊，便令黑龙幻化成羊，供主家驱使，以恕其罪。黑龙遂幻化成母黑羊一只。

从那天起，热娜每次到草坝放牛羊时，总是隐隐约约地听见附近有猪、狗等畜生的叫声，有时候还听见人的喊叫声，但只闻其声不见其形。更奇怪的是，热娜有一天在水沟边拣到几株杏树。回到家里，她把杏树拿给爸爸妈妈看。夫妻俩也是惊叹不已，因为方圆十几里就他们一户人家，怎么可能有人把杏树遗落在水沟边呢？

第二天早晨，一家人把杏树拿到坝里去栽种。那几株杏树适应性极强，长势喜人。年复一年，杏树变成杏园，杏园逐渐绵延英吉沙多地。

这些杏子果品优良，口感极佳，随着声名远播，后来还被选为贡杏。

千百年后，英吉沙已发展成集农、林、牧为一体的农业县，拥有悠久的植杏历史，英吉沙杏因个大皮薄、鲜肉多汁，有"冰山玉珠"之美称，是农业部确定的全国七大优质商品杏基地之一。英吉沙县是著名的"中国小刀之乡""中国色买提杏之乡""中国达瓦孜之乡"，是古代陆地丝绸之路的驿站，南疆八大重镇之一——英吉沙已经变成一座现代化城市，人丁兴旺、风景如画，成了远近闻名的旅游胜地。

作者简介：魏松，男，80 后，文学爱好者，已发表小说、散文作品多篇。

醉美英吉沙抒怀

彭志密

灿灿英吉沙，乾坤立极；赫赫人文韵，日月生辉。古代陆路丝路驿站，南疆八大重镇之一。浩浩乎高歌猛进，萧萧兮骐骥长鸣；志威威而轩昂，气荡荡以氤氲。煌煌乎，源远流长，似出苍茫之烟海；烁烁乎，开放包容，如入缥缈之太极。英吉沙儿女，谋猷以奋发蹈厉，躬身以勇争上游，精彩华章水墨飘香。澄波映出曙色，紫电催动春雷。揭创新命题，高举高端引领旗帜，实施产业升级布局，雄关大道初璀璨。此乃革故鼎新，得沐改革时雨；谋高图远，鼓荡开放风帆。勇往直前，谋发展之方略；大政和谐，绘科学之新篇。弹指一挥，沧桑巨变惊世殊；登高怀远，旷世歌赋话辉煌。

魅力英吉沙，礼仪之邦。活力偾张，城市扩容筑高地；霁月光风，藏龙栖凤盛名扬。厚德以载物兮，大爱无疆；文明而赓续兮，新风蔚然。仓廪实

英吉沙县容貌

兮呈礼仪，气自华兮知荣辱。生态和谐兮水澄气清，乐活宜居兮棹歌云天。八面来风，四方接壤；兼收并蓄，博纳众长；商贾云集，英姿飒爽；湿地文化，声名显彰；商贸集聚，灿烂辉煌；政清人和，升平安康；民风沛然，和睦共张。崇文重教，翰墨飘香；文化沁润，心灵滋养；山水如画，气韵酣畅；物华天宝，钟灵涵芳；雄杰云蒸，英才俊朗。四海乡音，宾朋向往；大厦耸立，拔地摩长；时尚商圈，吐纳时尚；大道重载，驰运物畅；流光溢彩，人流熙攘。绿道慢行，健身心敞；河道清流，湿地长廊；游目骋怀，神清气爽；养怡陶陶，康乐洋洋；晨舞盈盈，夕歌琅琅。百业咸举，民阜国强；人欢市蔚，和美益益；似兰斯馨，福韵悠长。

生态英吉沙，绿色飘香。山川河谷，益益自然风光；湿地长廊，栩栩诗意画卷。天蓝蓝兮澄碧，山青青兮润物，云淡淡兮生烟，水湍湍兮流长，海澹澹兮浩瀚。花草葳蕤兮郁郁竞妍，树木葱茏兮夭夭勃然。杂树蔽天，深林野蔓；青山拥翠，漪澜恬静；松涛窸窣，碧水荡漾；山海交融，丛林密布；生物繁多，林地广袤；绿意如锦，挥毫泼墨；翠叠绿拥，清波荡漾。水澹如烟，碧波广淼；清泉漱石，晓岚开霏；天高气爽，落英飘飘；生态文明，引领风尚；兼葭萋萋，山花烂漫；满目隽秀，空气清新。天苍苍而鹰扬；水涣涣而鱼翔。莺歌燕舞欢畅，泉涌水漾叮当。掬水月在手，弄花香满衣。遥襟甫畅，逸兴遄飞，不有佳咏，何申雅怀？生态有约，华章无限，浩若烟海，岂可尽述哉？

奋进英吉沙，繁荣图强。产城以融合兮，多元共张；创新而奋进兮，豪情万丈。勇立潮头敢争先，务实笃行谱新篇。改革开放，虎步龙骧；负重自强，进取标榜；高端引领，满城众创；腾笼换鸟，产业导向；城市更新，后劲持长；文化创意，众卉呈芳；经济转型，责任担当；科学发展，鸿鹄高翔；民生保障，先办快上。近悦远来，凤翥龙翔；生机勃发，百业兴旺。上善若水，人文典藏；宜居宜业，殷实安康；情寄家邦，壮志如钢；开拓进取，奋进铿锵；天道酬勤，活力倘漾；海纳百川，包容万象；反腐倡廉，正气高扬；首善之地，大爱慨慷。廉洁自律，清风激荡；诚信构建，格物所向；全民修身，德自流芳；博纳仁义，乾坤同襄。

幸福英吉沙，和美迷醉。诗意栖息，养性养心养生；城乡一体，宜居宜商宜业。人水和谐兮生态融融，风物淳朴兮文明习习。昌盛之邦，韬光养晦。先行先试，舍我其谁；科技创新，硕果累累。开放包容，善行乐为；海纳百川，人文荟萃；先贤遗风，底蕴深邃。党民连心，披坚执锐；扫黑除恶，清扫污秽；廉洁勤政，民众钦佩。环境整治，安居品味；恬美家园，楼宇拥翠。社保普及，万民受惠；教育免费，学子欣慰。公交便捷，出行无微；医疗保障，看病不贵。科教集聚，创新炼淬；文化惠民，尚德明睿；百花齐放，文艺绽蕊。蓝天陪护，绿树呵围；碧水泛绿，生态滋穗。节能减排，蓝天映晖；环保践行，低碳描绘。天地人和，寰宇呈瑞；休闲新城，宾至如归。

活力英吉沙，与时俱进。骐骥奔竞，豪气正道。实力、动力、魅力、竞争力，合力跃马飞缰；党心、民心、信心、进取心，同心遵彼微行。御改革之东风，积涓流以汇大海；纳社会之英气，成丰功而铸伟业。科学发展，锐意进取；幸福城市，和乐盛昌。敢为人先，承创新之精神；勇于拼搏，续务实之传统；勇立潮头，秉地域之优势；外引进高新技术，助经济腾飞于华夏大地；内转移落后产能，置产业提升促区域发展；凭地之利，展己所长，普聚精英纳贤才，核心竞争力臻强。遐瞩远瞻，工业化、城市化、现代化、生态化四化腾达辉煌可期；筑巢引凤，全域旅游示范区、商贸服务中心区、生态人居休闲区、现代文明样板区强力崛起。

和谐英吉沙，海晏河清。景异物盛，山川胜概；禀赋天成，龙腾凤翥。

英吉沙县热情的群众

共筑宜居新城，引凤来仪；同建幸福家园，骏奋骐骧。乡村画卷，跃然纸上；绿道慢行，健身心敞；钟灵毓秀，风姿俏悦；乡村振兴，奋进昭彰；乐畴修业，民守其良；讲信修睦，勤劬慨慷；每闻鼙鼓，奋臂搴裳。户户崇尚低碳生活，节排减能；喜看今日新城，近悦远来；紫薇织锦，醉沁心襟；城在林中，路在绿中；花木成荫，习习馨香；大街小巷，逸文明春风；社区公园，融园林风尚。明德惟馨，文明礼仪，已蔚然成风也；非惟天地人和，辉映绿色名城；岂独山水经典，迸射生态魅力。且看今日之英吉沙，铺就山水丹青卷，更展好客包容情！荡荡乎，尚德乐善而海纳百川；浩浩兮，创新发展而大有可为。

呜呼噫！醉美英吉沙，创业热土；筑梦小康，行稳致远。天道健行，蕴韧涵勇；扬帆万里，举翼鹏程。发展风云激荡，生态情满峡卷；经济高歌猛进，人文沧桑巨变。与创新同行，喜结发展硕果；与绿色共舞，铺就生态华章。正所谓："风生水起蘸巨椽，挥就生态文明和谐篇；波澜壮阔舒画卷，绚出和美灿烂新荣光！"

英吉沙赋

张　红

　　大哉新城，居僻地，处荒凉。曾为丝路之驿站，南疆之重镇。沐天光而敛云气，揽形胜而称清奇者，乃英吉沙也。观其踞新疆西南之隅，蟠昆山之北。分以喀什、莎车、阿克陶、岳普湖及疏勒接壤。其境多丘陵，少平原。风物多而繁杂，四时迥以美景。春来暑往，慕名而来者，不绝于缕也。自古而今，缀其文，赞其誉者可谓多矣。余今复以道之，虽文翰难以尽言其妙，然落笔之间，必不谬此心之意哉。

　　观其处盆西①之厚地，依麓北②之隆崇。承乾坤于广漠，参造化于洪濛。远塞年光，迭春秋而彰五色；昆仑雪意，亘今古而育百工。懿其物生沙莽，时易花容。城被一山③横贯，景却两侧殊同。昔设丝路驿亭，高如翠盖；旧自南疆重镇，屹若蟠龙。今乃德泽人心，地蕴人文而耀千古；风猷天地，水丽名物而越九重。溯其地貌地层，惟沙惟砾。水落而为山，地动而成脊。故丘多而盐碱重，年久而风沙蚀。致使昔日新城④，风高地僻。荒城放眼，遍为野草摇风；远海分香，惟有孤云向日。如此衰朽，何以改之？嗟乎。幸遇良工，秉以丹赤。张百载之弓，博三秋之弈。乘改革而锻也磋兮，促发展而抟鹏奋翼。落实精准大政，惠以让民；依法长治久安，稳因持律。改荒凉，焕山泽。

---

① 　盆西：此处代指塔里木盆地西缘。
② 　麓北：此处代指昆仑山北麓。
③ 　一山：此处代指喀勒克山。
④ 　新城：英吉沙的别称。

街赋新篇，店则盛集。行建瓴①之速，举推毂②之易。农以粮棉为导向，三产携行；商以瓜果为先锋，多元借力。终令而今千层林立，万顷远横。垄际芸黄而草翠，畴中日霁而风清。推轩可见重檐碧瓦，落笔当思岁月清明。方有这风物熙熙，尽得江左之秀；山川脉脉，畅享塞外之荣。至若物意民风，华年丽景。葳蕤于巷陌田畴，婉约于芳洲野径。泼丹青而堆锦绣，美幻美轮；调水墨而写华章，爰吟爰咏。忆往昔麦秀香清，也曾为荒沙秃岭。幸盛世恩膏，仁风布政。惠施于民，行之以令。于是鞭石成桥，穿沙为井。翠盖连天，芳庭写影。沙起栉比之楼，漠化葱茏之境。稼则播以千寻，杏乃植以万顷。眺乃团花簇锦，蝶舞燕旋；望而接袂成帷，赏心吟兴。富民安居，引泉烹茗。荫庇舛错之衢，店列琳琅之景。治风沙而仰赖枝繁，倚父老而翻从气净。方有鳞羽欢然而戏，泽畔沙边；牛羊自在而眠，随心适性。若乃游心忽至，又喜清欢。可平沙策马，柳岸偏安。或独步于方塘小径，徐行于涧谷林峦。纵野趣而慕水求鱼，或眠或坐；觅清幽而依林待月，惟静惟闲。于时百卉扬馨，八方积翠。风淡淡而萦香，水潺潺而流媚。杏林万亩，萦浅浅之余芬；枣树三千，思摇摇之欲坠。假以在野鸣琴，看山曳履。围炉而火炙笙歌，把酒而情萦宇内。慨民逞其娇，物尽其萃。皆因宽仁为道，载明德而行来；惠政为基，建鸿图而鹊起。由是观之，宏才远志，大道无央。地因水善而盛，民以国富为强。是以保稳定，促安康。出奇谋而治沙塞，施大计而拓遐荒。心致于力而澄穆，业精于勤而繁昌。遂能一川泽霈，四季馨香。安民乐业，载翱载翔。日月飞云霞之胜景，山河赋锦绣之华章。祥瑞地呈，集名家商贾；太平天兆，开盛世辉煌。宜乎哉。其未因居之荒而弃若履，却以政之德而和以

---

① 建瓴：语本《史记·高祖本纪》："譬犹居高屋之上建瓴水也。"建瓴，即"建瓴水"之省，谓倾倒瓶中之水，形容居高临下、难以阻挡的形势。

② 推毂：推车前进。《史记·张释之冯唐列传》："臣闻上古王者之遣将也，跪而推毂，曰阃以内者，寡人制之；阃以外者，将军制之。"后因以称任命将帅之礼。（唐）崔日用《奉和圣制送张说巡边》："去当推毂送，来伫出郊迎。"

光。使之名扬宇内，郁郁而煌煌者也。美哉，盛哉！美矣，盛矣！——张红谨撰于壬寅年春

注：赋用词林正韵。

———————————

作者简介：张红，新疆楹联协会会员，河南新乡辞赋协会会员。素喜古诗词。曾在"金风泽普·胡杨水乡"征文中荣获优秀奖，在第三届"万副春联送军营·送退役军人"征联中荣获优秀奖。曾参与《山西大赋》的编写，有《金胡杨赋》发表于《中华辞赋》2019 年第 1 期上，对联作品散于各处。